新版
絵日記 丸山住宅ものがたり

まえがき

●ぼくは今まで引越を12回もしましたが、その中で一番長く住んだのが丸山住宅というところでした。丸山住宅は松山市の北斎院町というところにあって、当時(昭和20年代~30年代前半)市営住宅である北組と持ち家の人々の住む南組に別れていました。ぼくの一家は昭和27年頃この丸山住宅北組に引越してきました。

●当時の日本は今のように物質的に豊かではありませんでした。とくに丸山住宅に住んでいた人たちはみんな生活が苦しかったようです。その日のお米を買うお金のない事などはめずらしくもないことのようだったのです。でもお米の貸借りをしたり、おかずを余分につくってお隣りへ持ってい

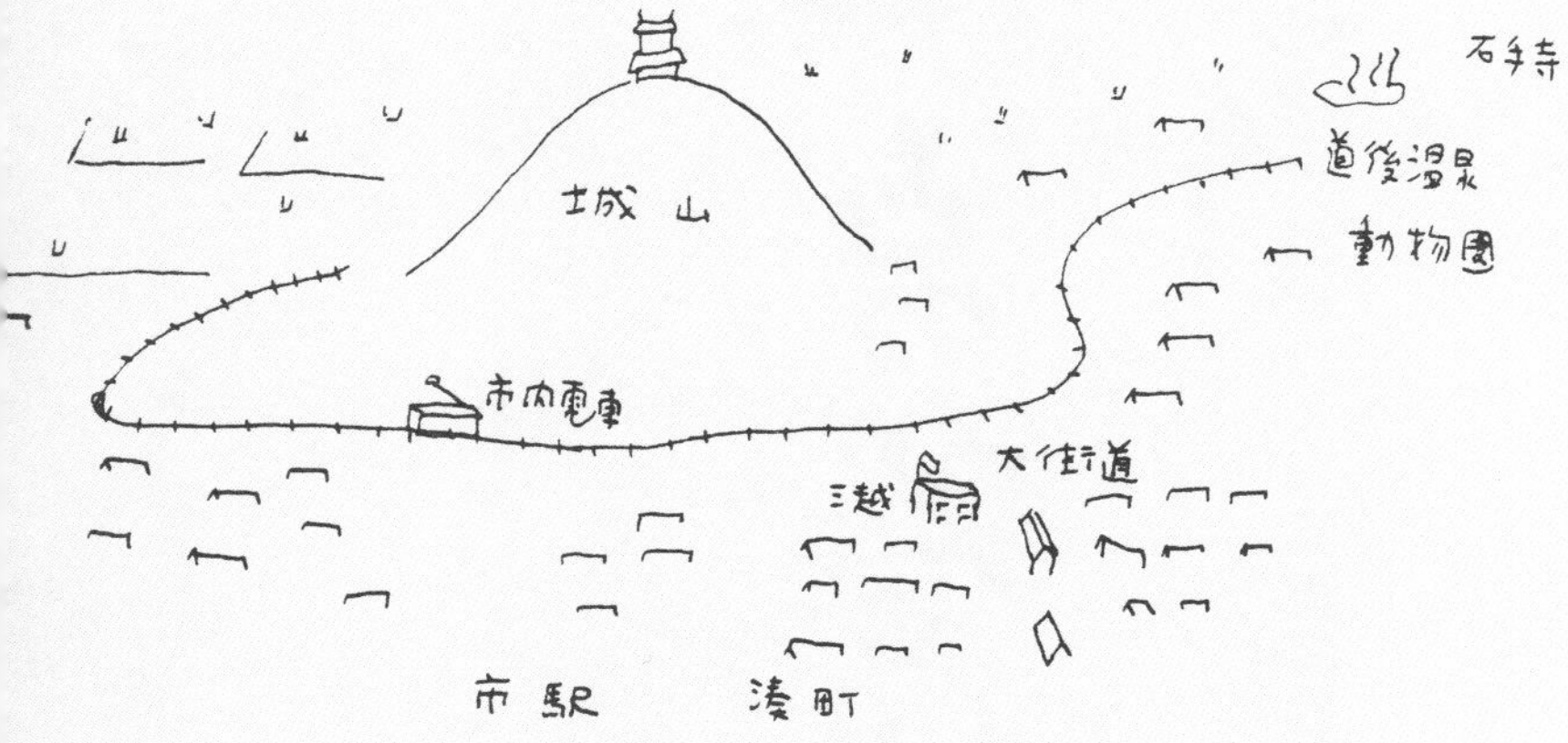

石手寺
道後温泉
動物園
城山
市内電車
大街道
三越
市駅
湊町

ってあげたり、まだまだ人情が残っていました。

●当時のぼくは（今でもそうですが）勉強と運動が苦手で、そのうえ音痴でのりもの酔いをするし泣き虫で、そのくせ家の中ではわがままでした。おまけにおそくまで、おねしょの癖がぬけませんでした。そんなぼくでも自殺も登校拒否もしなかったのは時代がよかったのかもしれません。

その頃のことを想い出しながらぐちゅぐちゅ描いて（書いて）みました。もしよかったら読んでみて下さい。

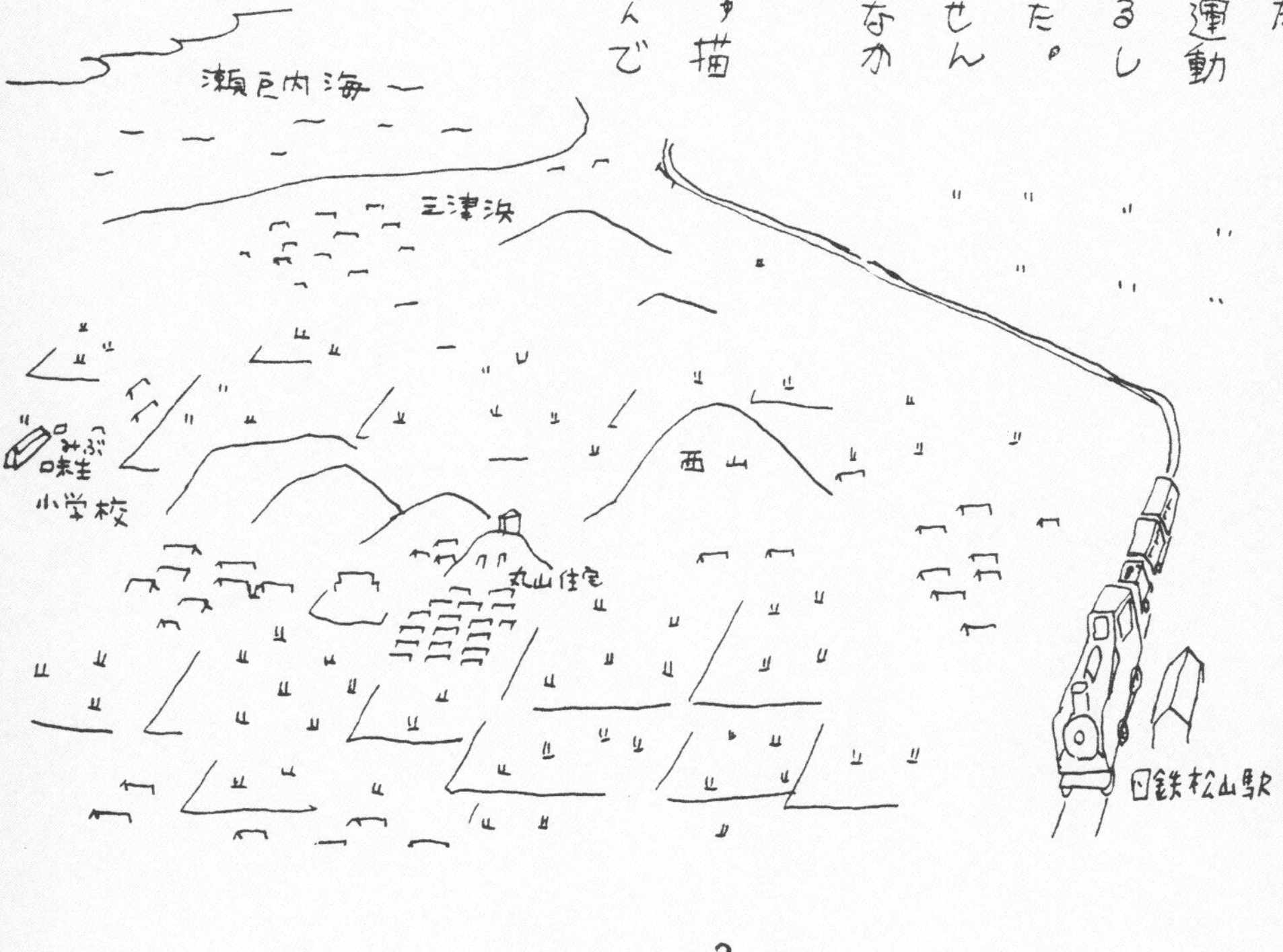
瀬戸内海
三津浜
西山
味生《みぶ》小学校
丸山住宅
国鉄松山駅

引越し。丸山住宅。幼稚園

引越

●寮をでていくその日の朝ぼくは寮の入口に近いところにあった小さな小さな部屋で遊んでいました。その小さな部屋にはなにもおいてありませんでした。

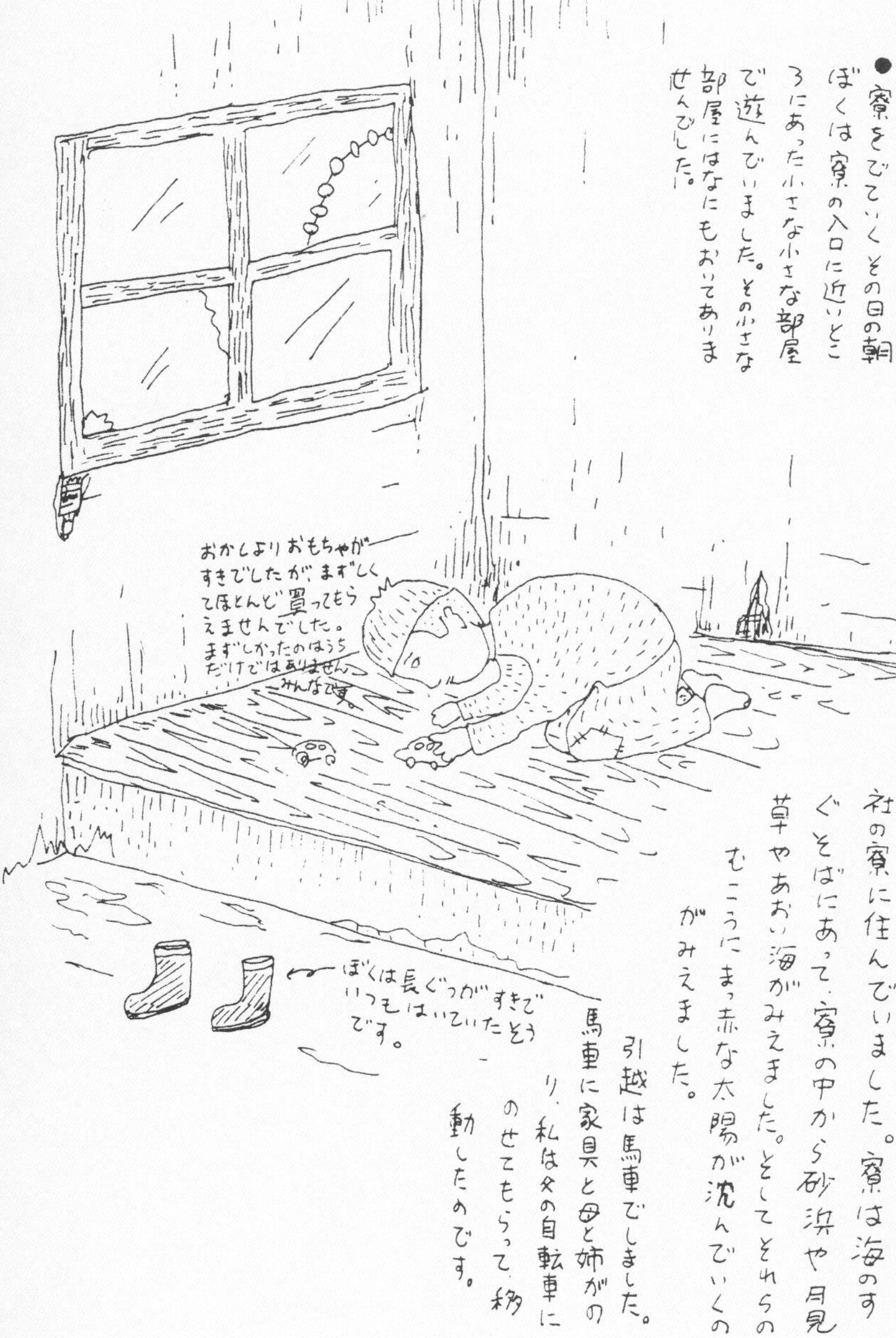

おかしよりおもちゃがすきでしたが、まずしくてほとんど買ってもらえませんでした。まずしかったのはうちだけではありません　みんなです。
ぼくは長ぐつがすきでいつもはいていたそうです。

●昭和二十七年頃引越をしました。市営住宅に入ったんですけど、それまでは父親の会社の寮に住んでいました。寮は海のすぐそばにあって、寮の中から砂浜や月見草やあおい海がみえました。そしてそれらのむこうにまっ赤な太陽が沈んでいくのがみえました。

引越は馬車でしました。馬車に家具と母と姉がのり、私は父の自転車にのせてもらって移動したのです。

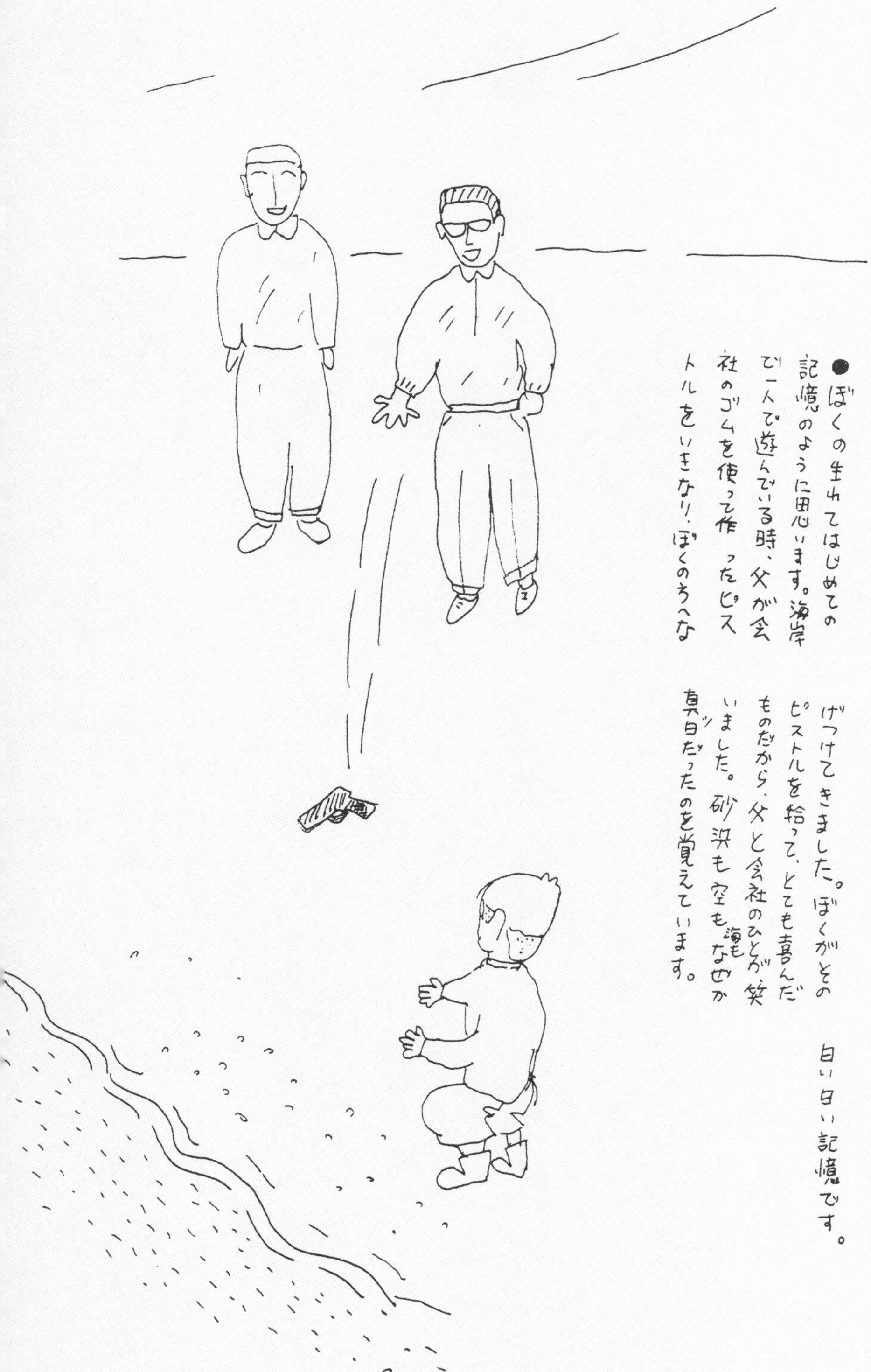

●ぼくの生まれてはじめての記憶のように思います。海岸で一人で遊んでいる時、父が会社のゴムを使って作ったピストルをいきなり、ぼくのそへなげつけてきました。ぼくがそのピストルを拾って、とても喜んだものだから、父と会社のひとが笑いました。砂浜も空も海もなぜか真ッ白だったのを覚えています。

白い白い記憶です。

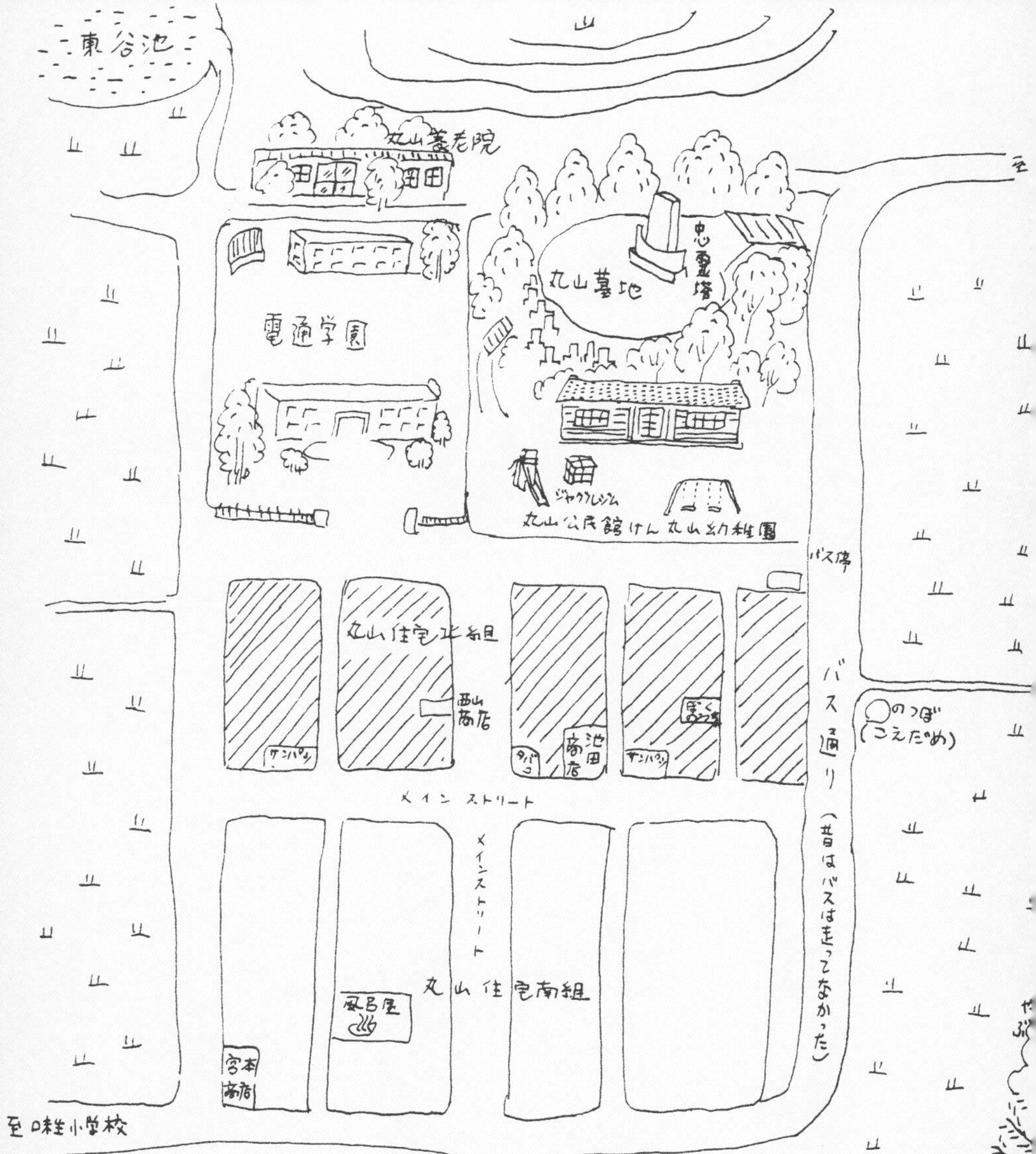

北斎院町　丸山住宅近隣地図

1955年頃

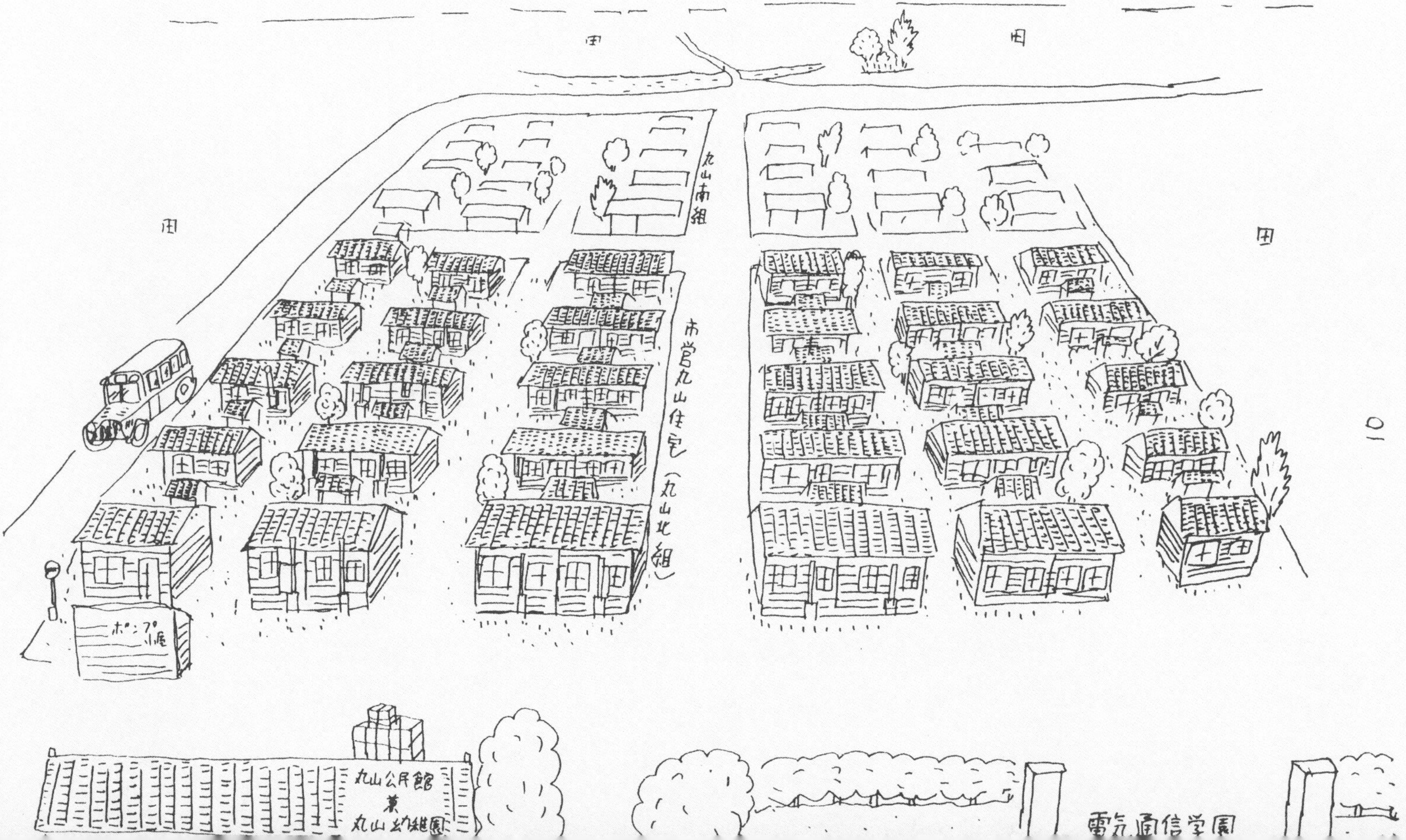
田
田
丸山南組
田
田
市営丸山住宅（丸山北組）
ポンプ小屋
丸山公民館
兼
丸山幼稚園
電気通信学園

●市営丸山住宅は2軒長屋で4軒に一つの井戸がありました。井戸には小石や砂やしゅろや木炭の粉のつまった素焼のおけのようなろ過装置が置いてありました。

夏など井戸からくんだ水をそのままのみたかったのですがこのろ過装置を通したのち、沸とうさせたものでなければのんではいけなかったのです。生水のままのめる水道はぼくらにとってはあこがれだったのです。

●一度学校の水道の水を水筒につめてもってかえったことがあります。自分がのもうと思ってたのですが、母はその水をとても喜びました。井戸がにごってて、夕食の時のお茶用の水が無かったのです。

●ぼくらはこの井戸に関してはよくしかられました。井戸に石を投げ込んだり、ろ過装置の中をほじり出したり、つるべのひもを切ってしまったり……。

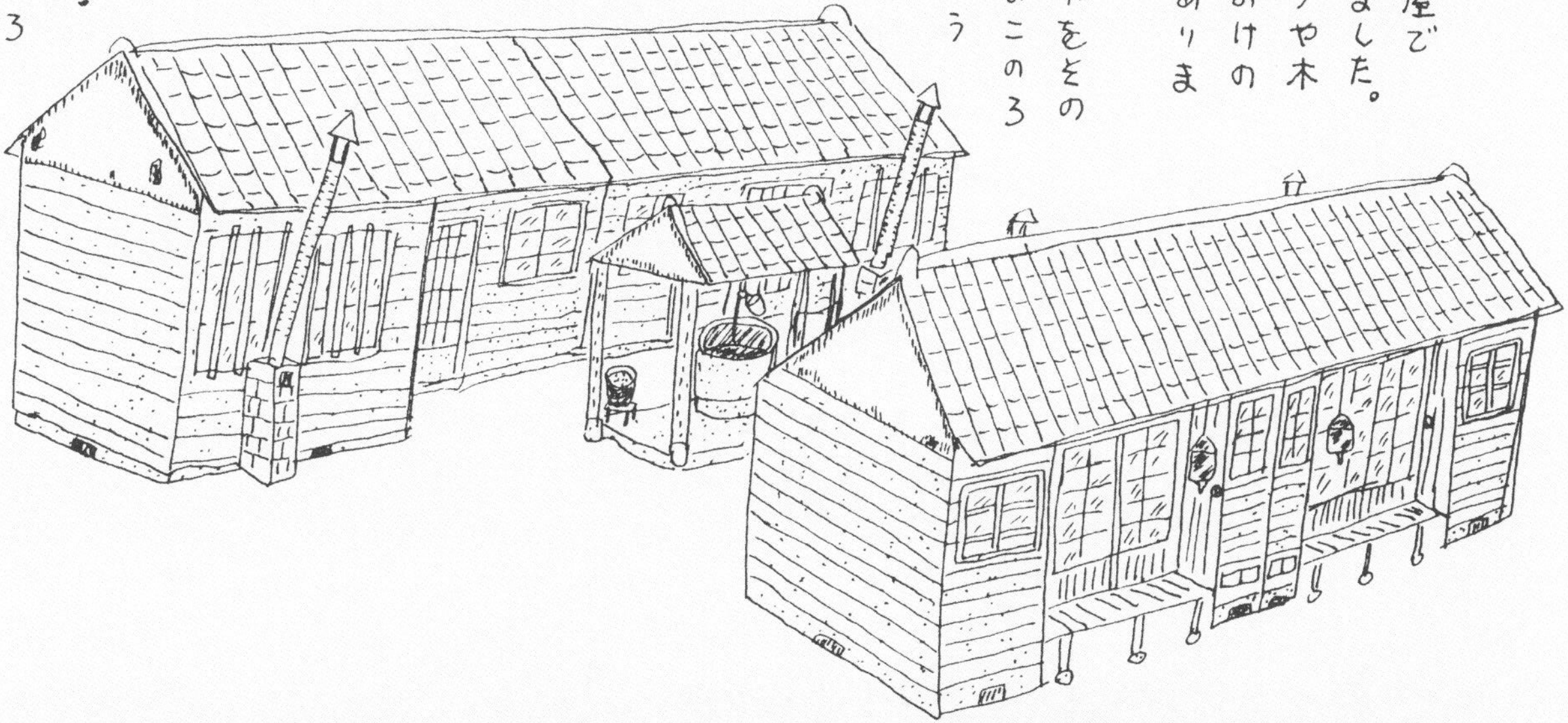

父のつくった
ニワトリ小屋

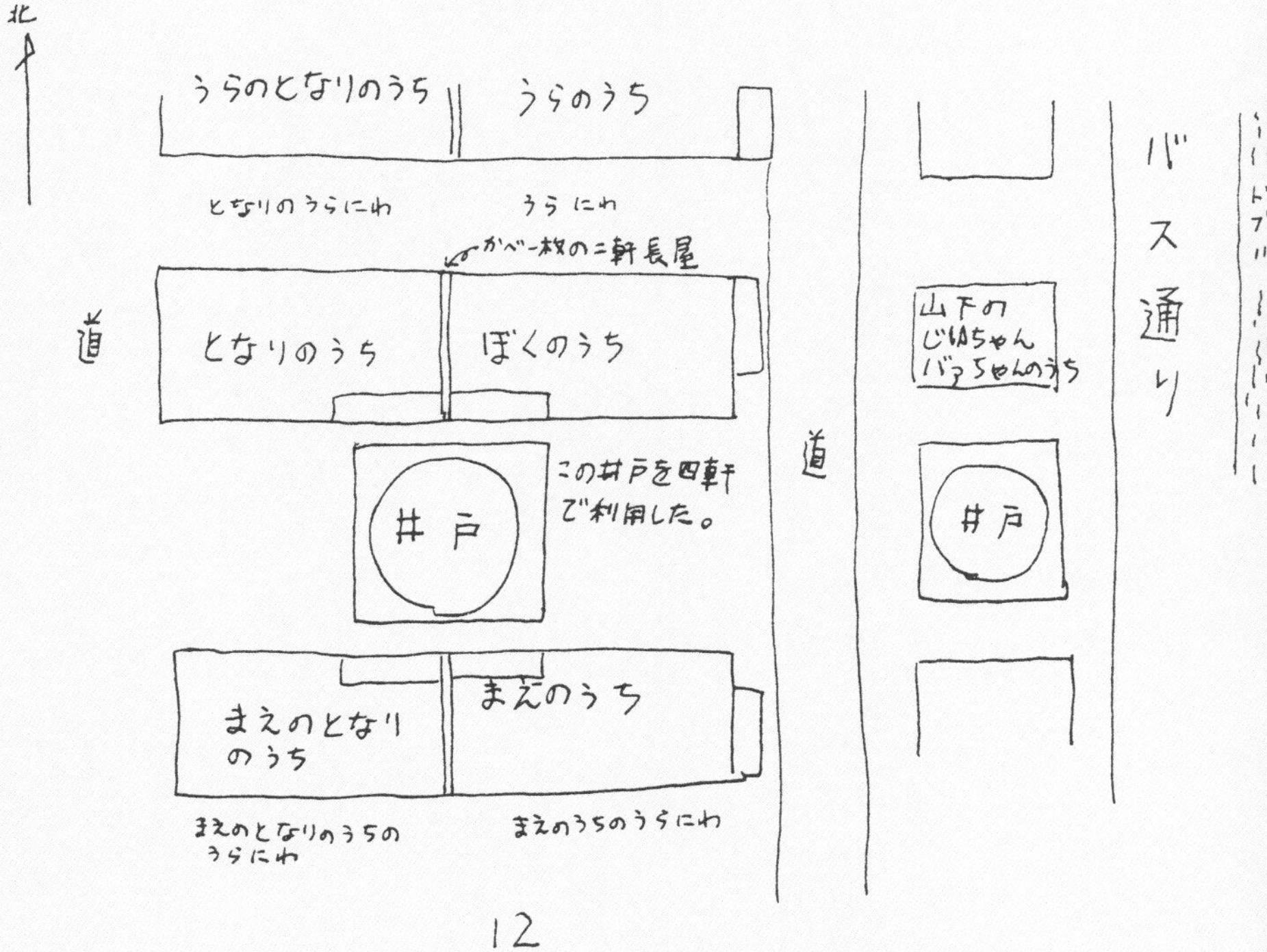

北
うらのとなりのうち
うらのうち
となりのうらにわ
うらにわ
かべ一枚の二軒長屋
道
となりのうち
ぼくのうち
井戸
この井戸を四軒で利用した。
まえのとなりのうち
まえのうち
まえのとなりのうちのうらにわ
まえのうちのうらにわ
道
山下のじいちゃんバァちゃんのうち
井戸
バス通り
ドブ川

夕食

●このむこうに台所がありましたといっても水道もなかったからおくどさんが一つあっただけでした。

●唯一の文明的な道具ラジオ。音がときどきでなくなり、そのたび父はラジオを叩きました。すると不思議に直りました。「赤胴鈴之助」「ビリーパック」「一丁目一番地」「ホシをあげろ」などがとてもたのしみでした。

夏場はごはんがくさりやすいのでカゴに入れのき下につるしていました。

四才うえの姉。ぼくに卵をとられまいと飯台の下にかくしておいて忘れて学校へ行ってしまったことがありました。

おりたたみしきの飯台。

ぼくはただただ卵がたべたかった。毎日・毎日そう思っていた。

●当時の市営住宅はガスも水道もなく、風呂なぞトーゼンありませんでした。江戸時代とちがうのは電球があったのとラジオがあったのくらいでした。三畳と六畳の二間だけでしたが、家財道具がほとんどなかったからとても家の中がひろく感じました。

●泣き虫のぼくはいつも泣いてばかりいました。この写真も鄰の下の子になかされて、めそめそしていたところを写真に撮られたのです。

写真 1　　1955年頃

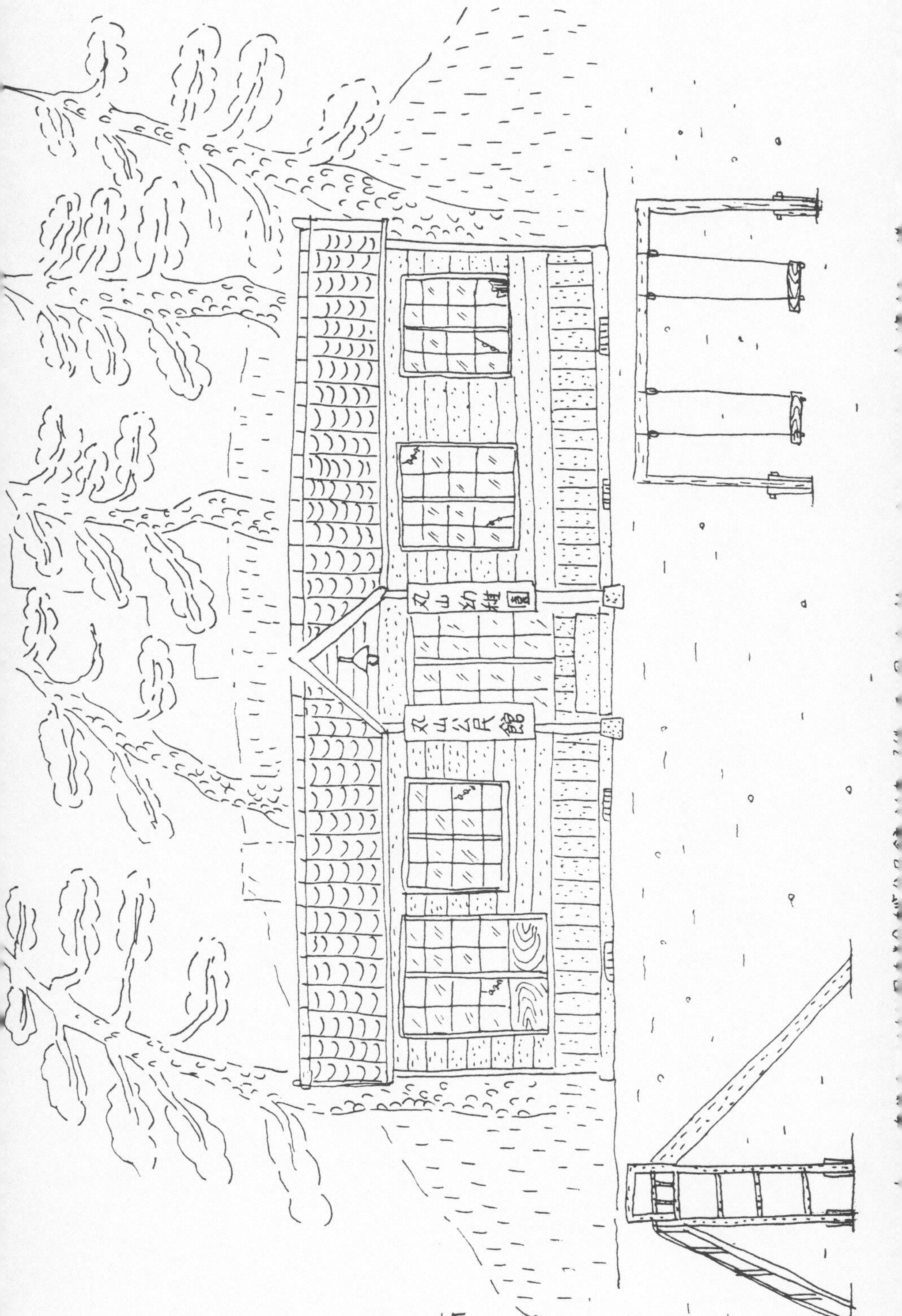
丸山幼稚園
丸山公民館

●幼稚園のときガイコツの絵ばかり描いてたことがあります。絵だけでなく、粘土細工してもガイコツばかり作っていました。

あまりガイコツばかりなので、とうとう県民館で開かれる子供の展覧会に出品することになりました。先生はそれまで使ったことのない大きくて、真白い画用紙をくれました。

ぼくは友だちたちの見ている中で得意げにガイコツを紙いっぱいに描きました。

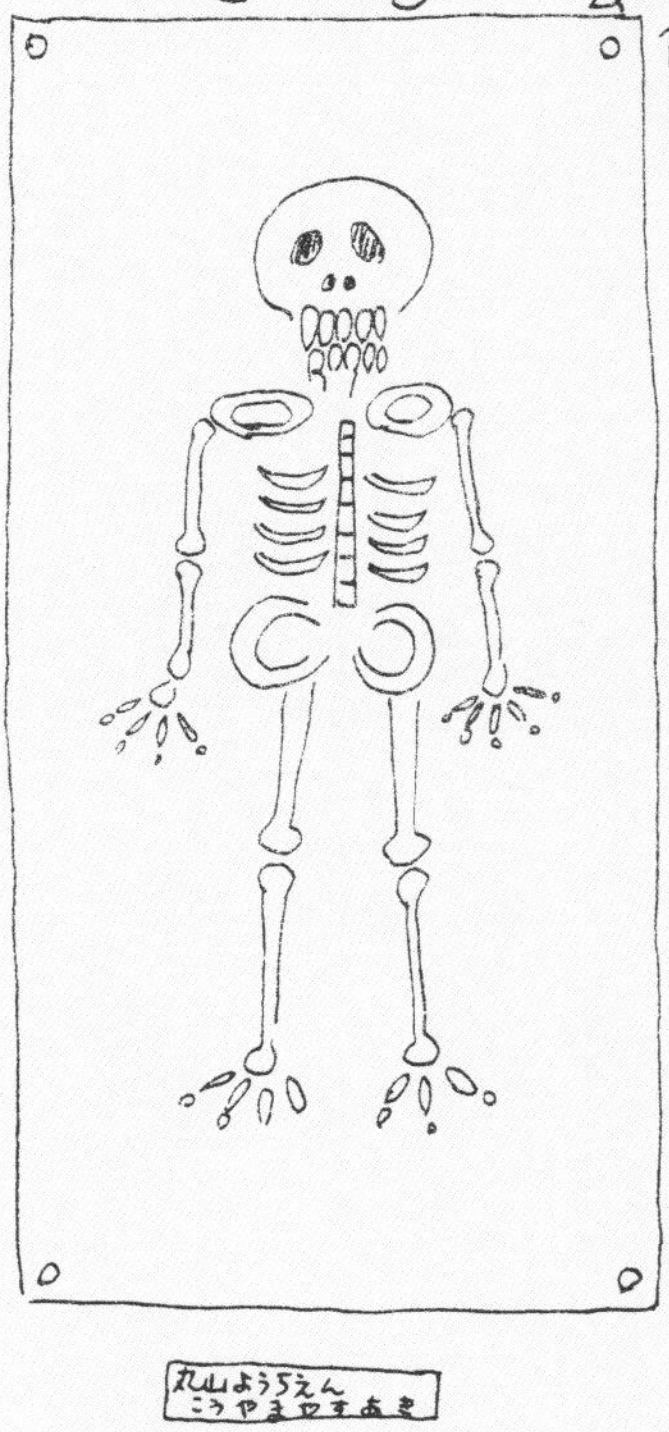

●父の自転車にのせてもらって絵をみにいきました。

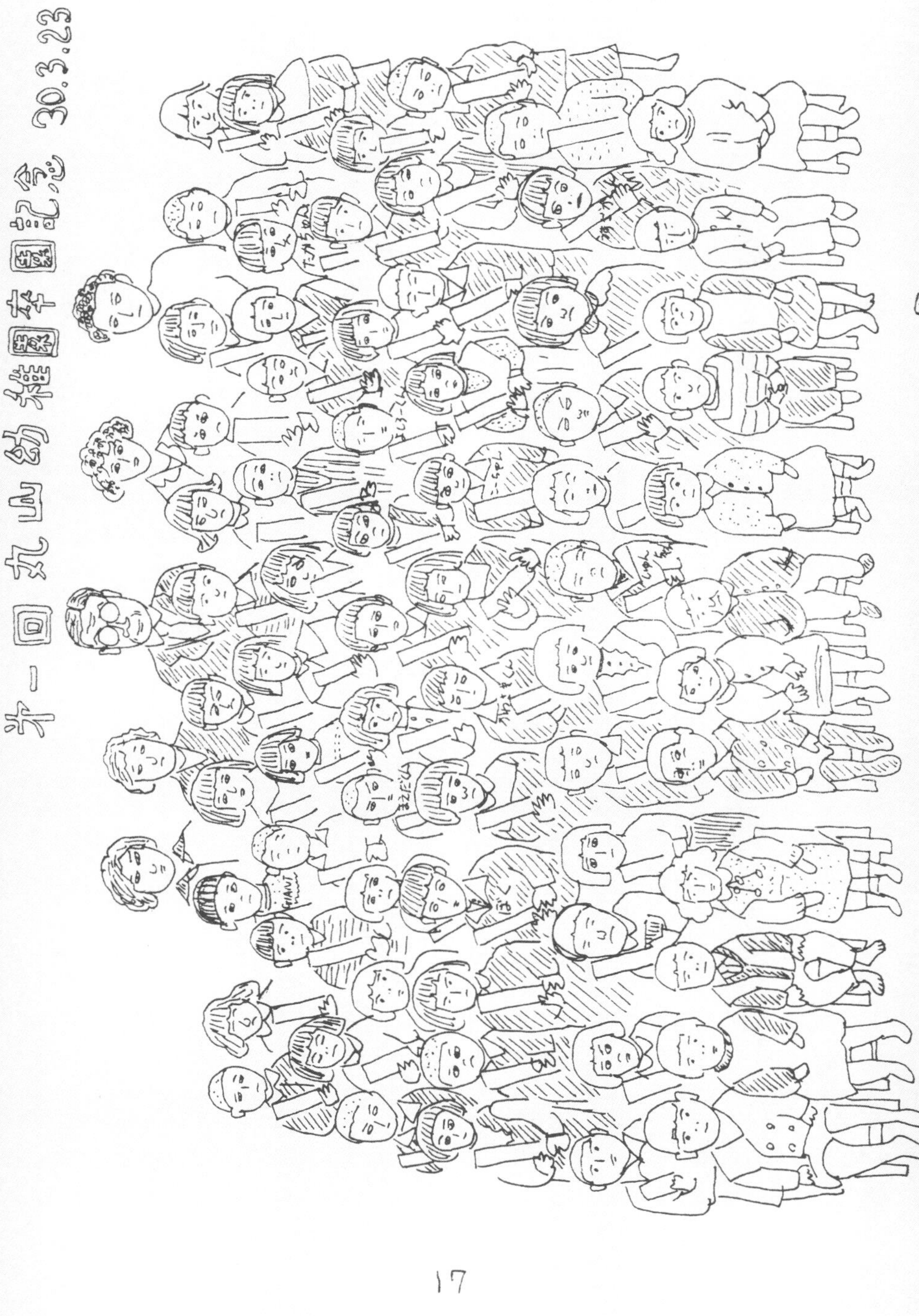
才一回丸山幼稚園卒園記念 30.3.23

芝居のあと

●公民館兼幼稚園に旅まわりの一座がきました。夜・住宅中の人があつまりました。ふだんはうすぐらいだけの幼稚園の舞台はうそのようにはなやかで、役者さんたちのおどるような動きにぼくたちは目をみはりました。

ぼくは役者さんたちの中にかがやくようにきれいな少女をみつけ、そのひとばかりみつめていました。芝居が終るとなんだかせつないような淋しいような気持ちがしました。

次の日の朝ぼくははやく幼稚園へ行きました。舞台はきのうの夜のはなやかさはなく、もとのうすぐらいままでした。当然、あの少女はもういるはずはなかったのですが、ぼくはぼんやりと舞台をみていました。そしてそれから二・三日せつない気持ちが続きました。

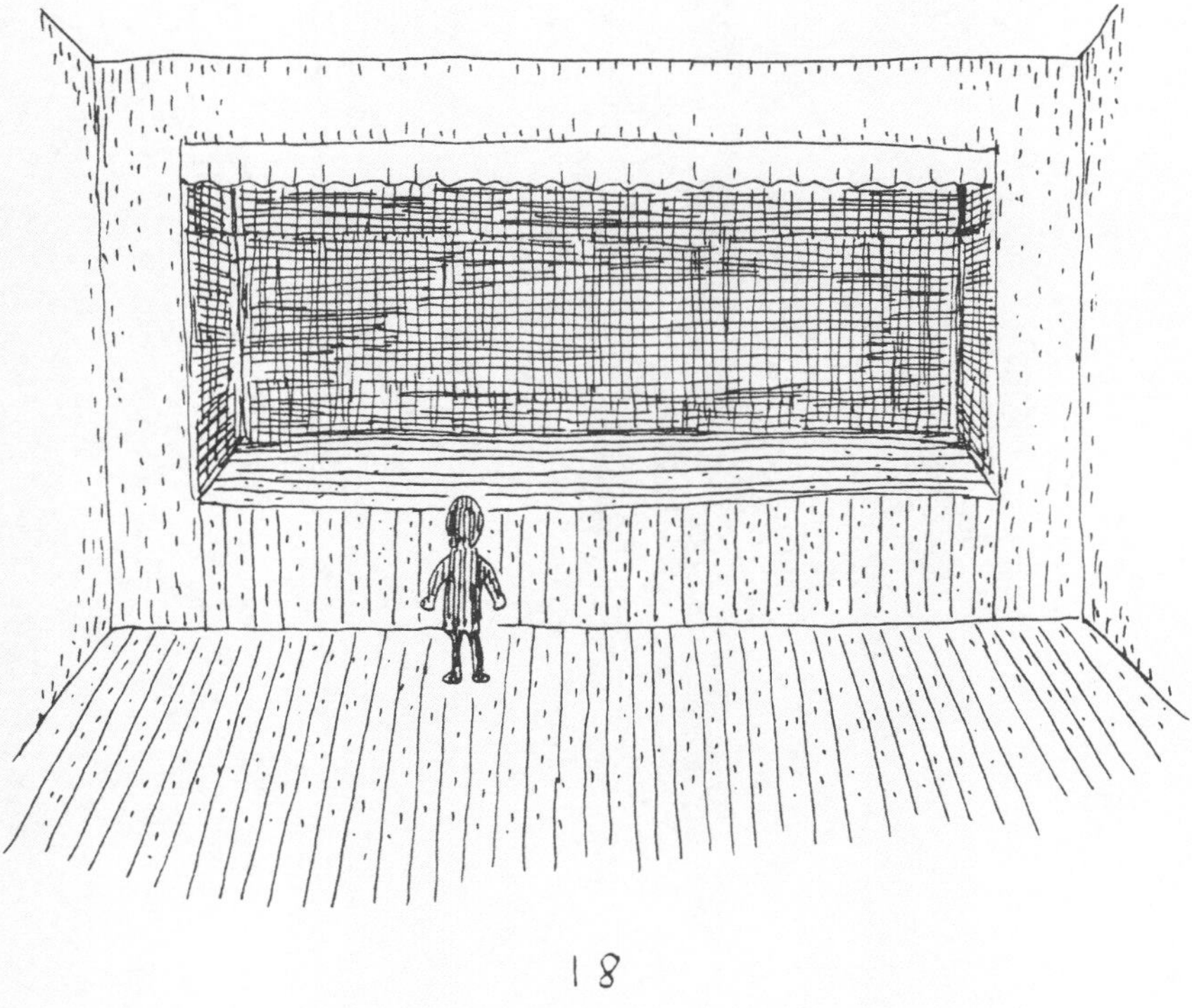

小学校

●これはぼくがはじめて先生という人におこられた時のことです。おこられたというより、はりとばされたのです。

二年生の時、一番うしろの席だったぼくは授業中なんとなく、キャップのお尻のところを吹きました。ところがキャップは笛になってました。(そのことを知らなかったわけでなく、すっかり忘れていたのです)

ピーッと音がしたかと思うと、先生は一こともいわないで、とんできて、ぼくをはりまわしました。ぼくは椅子から転げおちました。先生はとてもその時キゲンが悪かったんだと思います。同じ組で、近所の子だった女の子にぼくの母に学校でおこられたことをしゃべってやるとおどされました。

おこられた!

遠足の弁当

●遠足の時先生が生徒の弁当をみてまわったことがありました。その時母子家庭だったI君の弁当は味つけパン一個がリュックサックの中に入っていただけでした。

なぜか先生はひどくおこって、なぜ弁当ぐらいつくってもらわんのかといいました。

I君の顔をみるとI君は淋しそうなごまかし笑いをしていました。ぼくたちにだってI君の母《かあ》さんが仕事をしてて弁当つくる時間がないことぐらいわかりました。先生もそのことはわかっていたと思います。先生はだれをおこっていたのでしょうか。

もらした。

●小学校三年にもなってたのにおしっこをもらしてしまった時の話です。
土曜の午後、何か用事をしてて、おしっこをがまんしていました。やっと用事がすんで教室をとびだしたのはよかったのですが2階の教室から便所までもたなかったのです。

「あっ！」と思った時はもう遅く、もれていましたが、そのまま走りました。ローカには"水滴"が落ちました。後で女の子の声で「又、雑巾《どうきん》をよくしぼらないでローカをふくから、水がまだかわッてないわ」というのが聞えてきましたが、それはぼくにはすべてを知ってて、言っているように思えました。

●ぼくはこの時以来一種の恐怖症にかかり、休みの時間
たびに便所へいき、"たまる"まえにおしっこをするく
がついてしまいました。それは今もそうです。

参観日の地獄

●音楽の授業もぼくはダメでした。どうしてもあの譜面というのが理解できなかったのです。
そして、とうとう、おそろしいことがおきました。よりによって、参観日に先生はぼくに歌うように命じました。静かな教室にはオルガンの音だけ、響き、ぼくは小さな声で歌いました。終ったあと、先生は
「蚊のなくような声でした」

と言ったので教室はどっとわきました。ぼくと母以外は。

その夜、母はあんな恥しい思いをしたのは生れてはじめてだと言いました。

それ以来ぼくは歌とか音楽はキライになりました。

転校生

●小3のときぼくらの組に一人の女の子が転校してきました。小さくてお人形のような子でした。ぼくはその子をみるたびにどきどきして、胸が苦しくなりました。ずーっとあとになってその時のきもちが初恋だということを知りました。

ぼくはなんとかして、その子のきもちをひきつけたいと思いましたけど不器用なぼくには何もできることはありませんでした。

●そんなある日、その子がローカを歩いていました。ぼくは突然何を思ったか、体育の時習った前回りをしましたが、失敗してバタッと背中を打ってしまいました。

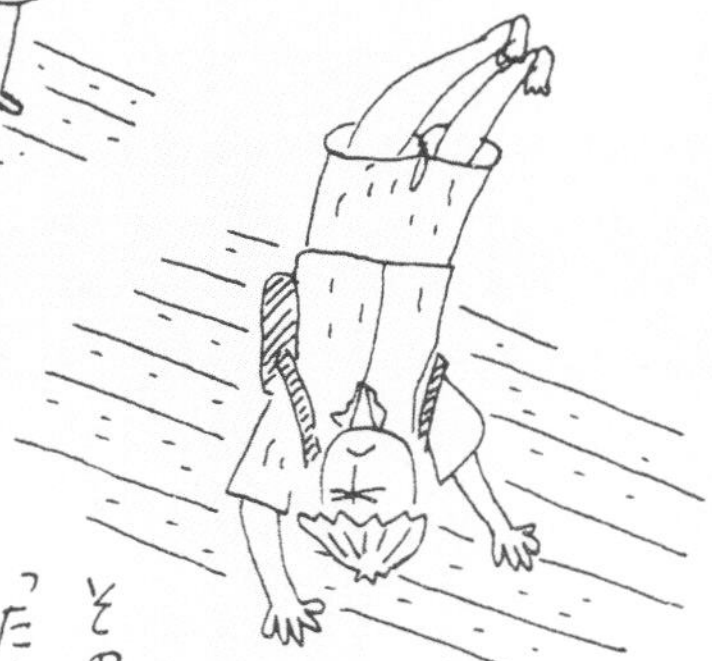

その子は何も見なかったように知らん顔して通りすぎていきました。

ぼくは背中のいたみだけがのこりました。恥しいような情けないような気持ちでした。

●それから不思議なことに胸の苦しさがなくなりました。アキラ君のいいのもぼくの特長のひとつだったのでしょう。

無実の罪

●三年生の時、教材用のはかりのガラスが何度も割れたことがありました。
そのたびに先生はキゲンを悪くして、
生徒をひどくしかりつけました。
ある日またもや、はかりのガラスがわれてしまいました。(といってもヒビが入った程度)
その時、なぜかぼくが割ったことになってしまいました。なぜぼくが割ったことになったのか、

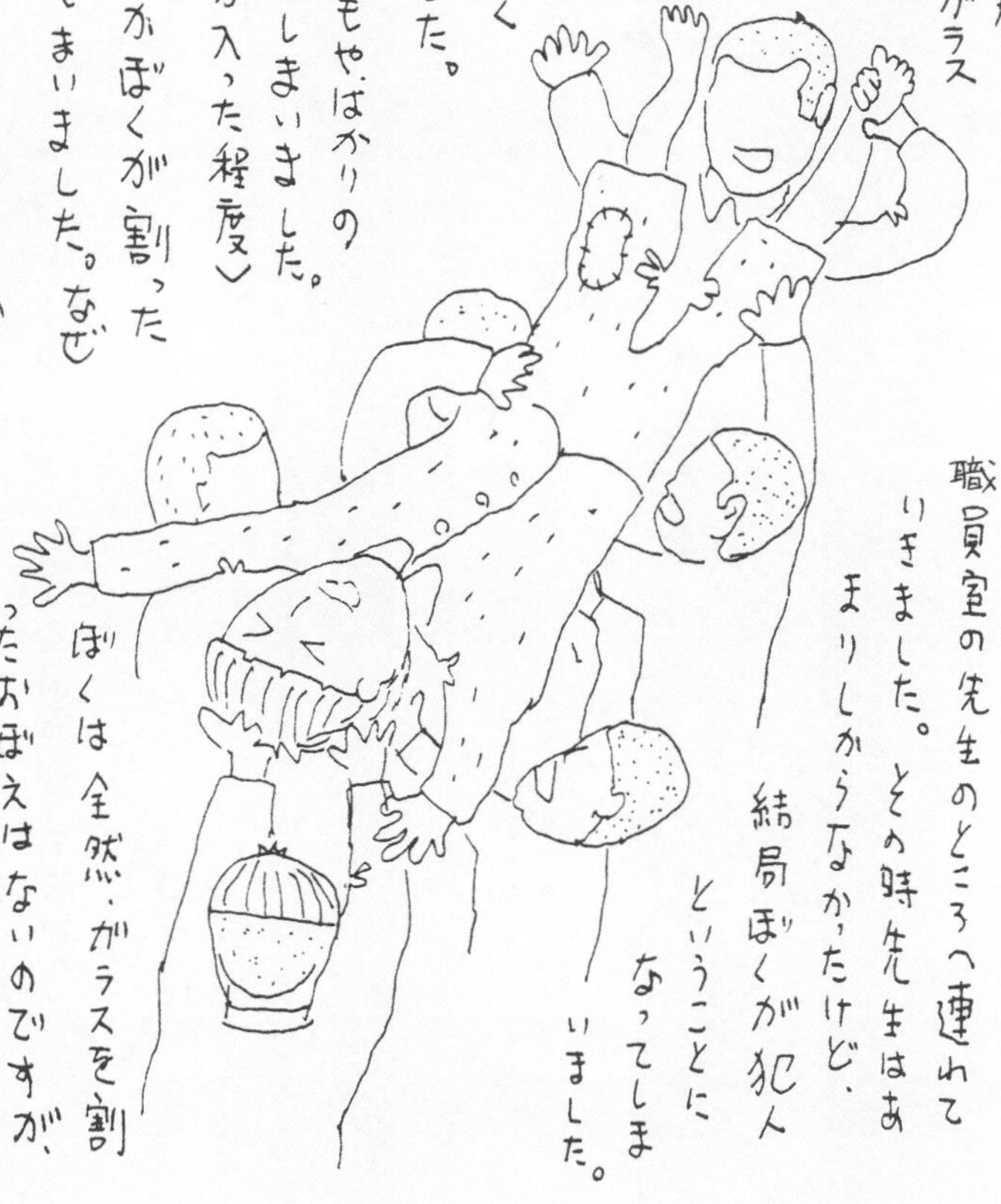

今でも判らないのですが、男子のほとんど全員でぼくをかつぎあげて職員室の先生のところへ連れていきました。その時先生はあまりしからなかったけど、
結局ぼくが犯人ということになってしまいました。

ぼくは全然、ガラスを割ったおぼえはないのですが、

ひょっとして、なんかの拍子ではかりに手でも当ってしまったのかも知れません。

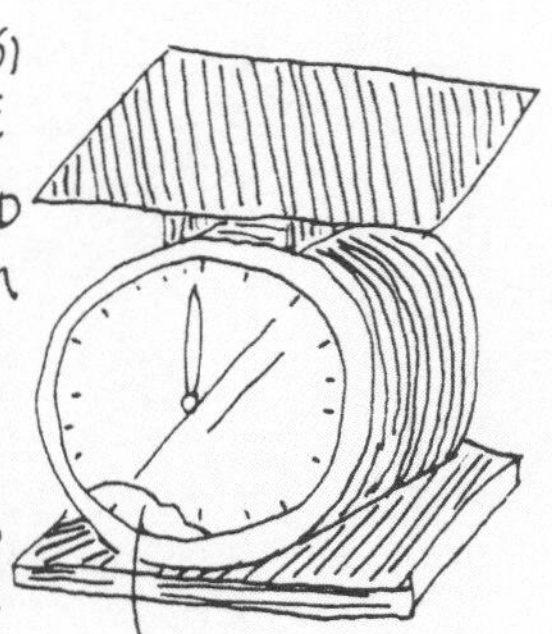

ここのところにちょっぴりヒビが入っていた。

気付かなかっただけかも知れないので、ただぼくは泣くだけでした。
●みんなにかつぎあげられ、職員室へ連れていかれた時のくやしさと悲しさは今でも忘れることはできません。

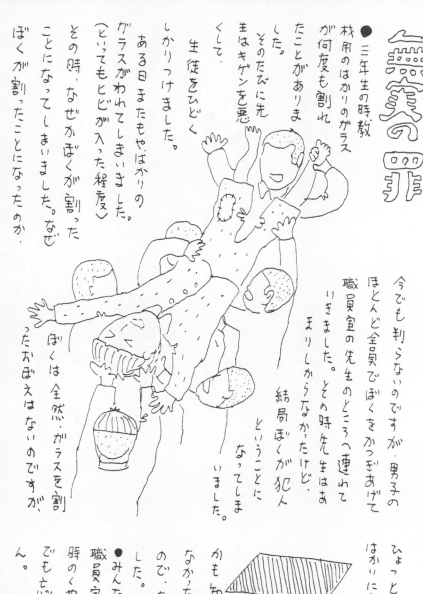

D.D.T

●一年に一回ぐらいの割合で、女の子全員と男の子で髪をのばしている者にDDTを頭にふりかけられました。一番いやだったのはDDTをふりかけられたあと、まるで老人のように白髪になってしまうことでした。そしてその事で同級生たちに「わあーおじいさんだ」と言われることでした。この時は丸坊主の同級生たちがうらやましかったものです。

●ところで、ある年からDDT散布がなくなりました。毒性が問題になったからです。長年、直接人体にDDTをふりかけられたぼくたちはどうなるのでしょう。

工作

●図工という科目がありました。勉強もスポーツもだめなぼくだけど、図工は比較的スキでした。でも手先がとても不器用なのでスキというわりには下手で、これもいい点はもらえませんでした。でも小学校の六年間で2度だけみんなの前でほめてもらったことがありました。

一度は粘土細工でロダンの考える人をつくった時です。でもこれは作ろうと思ったわけではなく、こねているうちに自然とできたのです。先生がとてもいいから少しの間学校にかざっておきましょうといってくれたけど、それは図工教室のうしろにある作品戸棚で、うす暗くほとんどだれも見ないうえ、おまけに道具置場をかねていたので、作品を展示しているというよりは、なんだか忘れものをちん列しているといった風でした。

二度目ははり絵でした。でたらめにきった色紙をこれもまたでたらめにはりつけただけのものですが、これを先生は何を思ったのか、えらくほめたのです。力と力との対決だとか、夢のひろがりだとか、ぼくにはなんでほめられたのか、さっぱりわかりませんでした。

ロダンにしろはり絵にしろ偶然できたものです。なぜか偶然にできたものしかほめてもらえません。不思議なことでした。

●リンゴ箱を利用して、何かをつくろうという工作の時間がありました。ぼくはリンゴ箱にかまぼこ板をうちつけて、ハブラシ入れと名づけて提出しました。これをみた先生はぼくのことをひどくしかり、ぼくはふてくされて、これをひきずって帰りました。

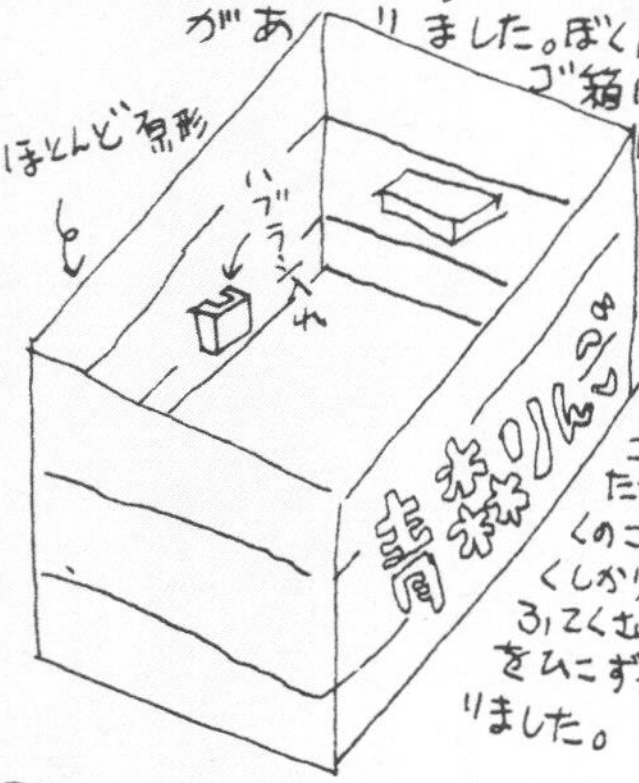

不幸な作品。ロダン 考える人

●かなり長い間家の中でゴロゴロしていたが、ある日首がとれ、そして、庭の土と化してしまいました。

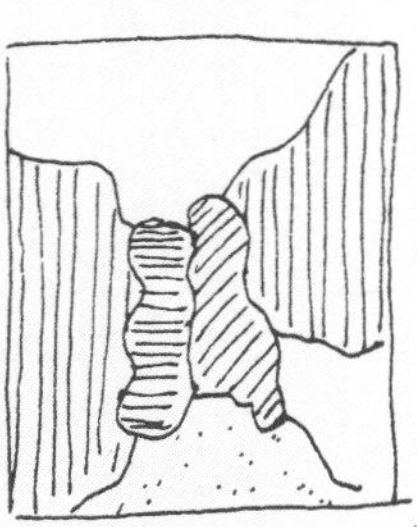

つむじ風

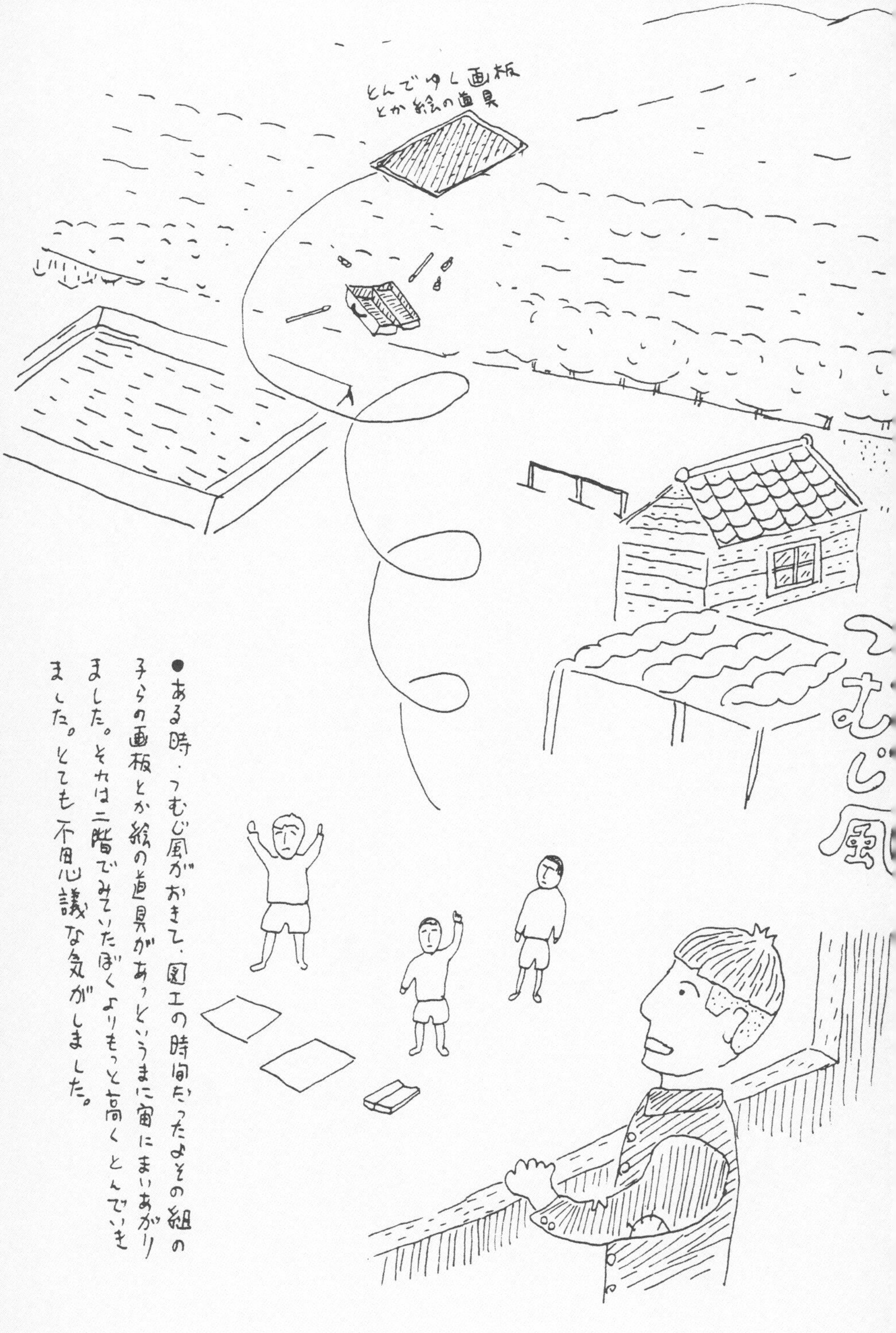

●ある時・つむじ風がおきて、図工の時間だったよその組の子らの画板とか絵の道具があっというまに宙にまいあがりました。それは二階でみていたぼくよりもっと高くとんでいきました。とても不思議な気がしました。

●六年生の夏プールが完成しました。ろくに泳げないくせに水泳の授業が人並にたのしみでした。顔をつけたまま平泳ぎで10m泳ぐのがやっとで、顔をあげて息をつぐことがどうしてもできず、人並に顔をあげて泳げるようになるのにこの時から六年の歳月を要したのです。

この絵ははじめて顔つけ平およぎ10mをやっとのおもいでおよぎきった時のことです。

たかちゃん(友だち)が手をたたいて喜んでくれました。

理科クラブ

●理科クラブというのに入りました。なぜ入ったかというと鉱石ラジオを作るからです。ぼくたちは鉱石ラジオのキットが届くのをたのしみにしましたがなかなか届かず、理科クラブの時先生は黒板にひたすら鉱石ラジオの図面をかくだけで、いっこうに現物を組みたてるようにはなりません。

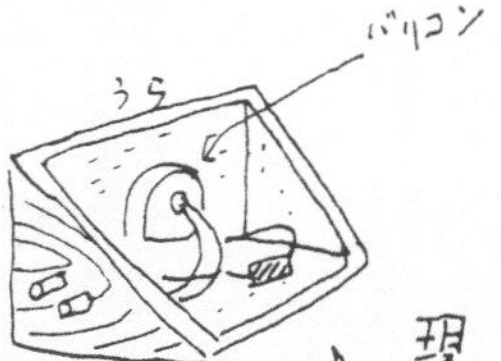

やっとのことでキットが届いて皆で組立てました。ハンダなんかしなくてもいいもので、本体は木製、中身がみえるもので、アッという間に完成しました。あまり性能がよくなくって時々ワッーとよく聞こえたかと思うと、スーッと聞こえなくなったのです。やがて、バリコン部分がダメになって、

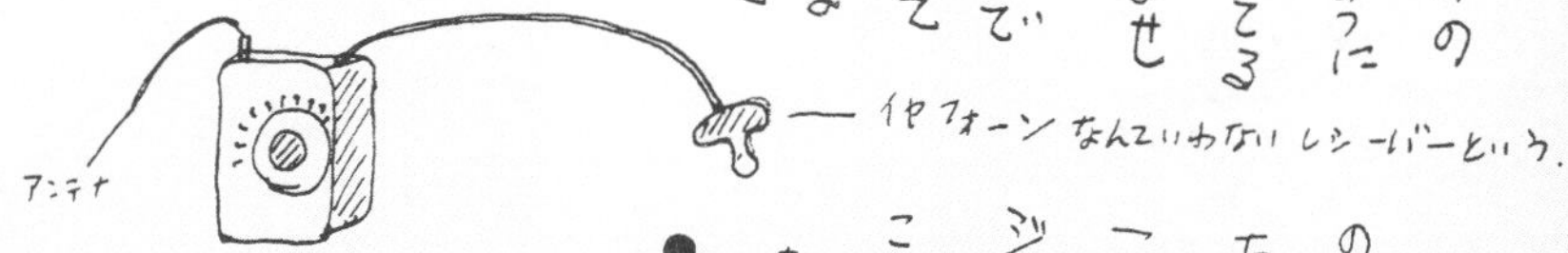

町の教材屋さんで出来あい（完成品）の鉱石ラジオを母に買ってもらいました。さすが出来あいのものはよく聞こえ、一家中でおどろいたものです。ぼくのラジオ熱というか、科学熱はここまでで、このあとが続かなかったので、この方面でも才能のなかったことを示しています。

●中学に入ってやはり理科クラブで天体望遠鏡を作りました。これもなかなか焦点が合わず、一度だけ目の前に巨大な月が見えました。が、それが最後で、二度と見えませんでした。その後天体望遠鏡は解体され、レンズは父の新聞を読むのに役立てられました。

写真 NO.2

4年生の時森松の河原へ
遠足に行った時の写真。
こわかったけど
とても好きだった
三原先生。いまどう
しているだろう。
越智君
勉強がよくできた。修学
旅行の船酔の時やさしく声を
かけてくれたときから友情を
感じるように
なった。
ぼく
この写真が一番すき
だった。
楠君。本当は
いやだったのに皆ん
なに彼と決とうさせら
れた。
彼もいやだ
ったのにちが
いなかった
と思う
?
新田君。中学高校
時代の親友
山本君。
1年の時にんじんの
たべっこをした。
森君。となりの
村の子
水田のしゅんちゃん。家
が近くで仲よしだった

ヘゴチ先生

●5年生と6年生の時の担任はヘゴチ先生でした。ヘゴチ先生はいつも竹竿をもってて、悪い子を叩いていました。ぼくも何度か叩かれました。

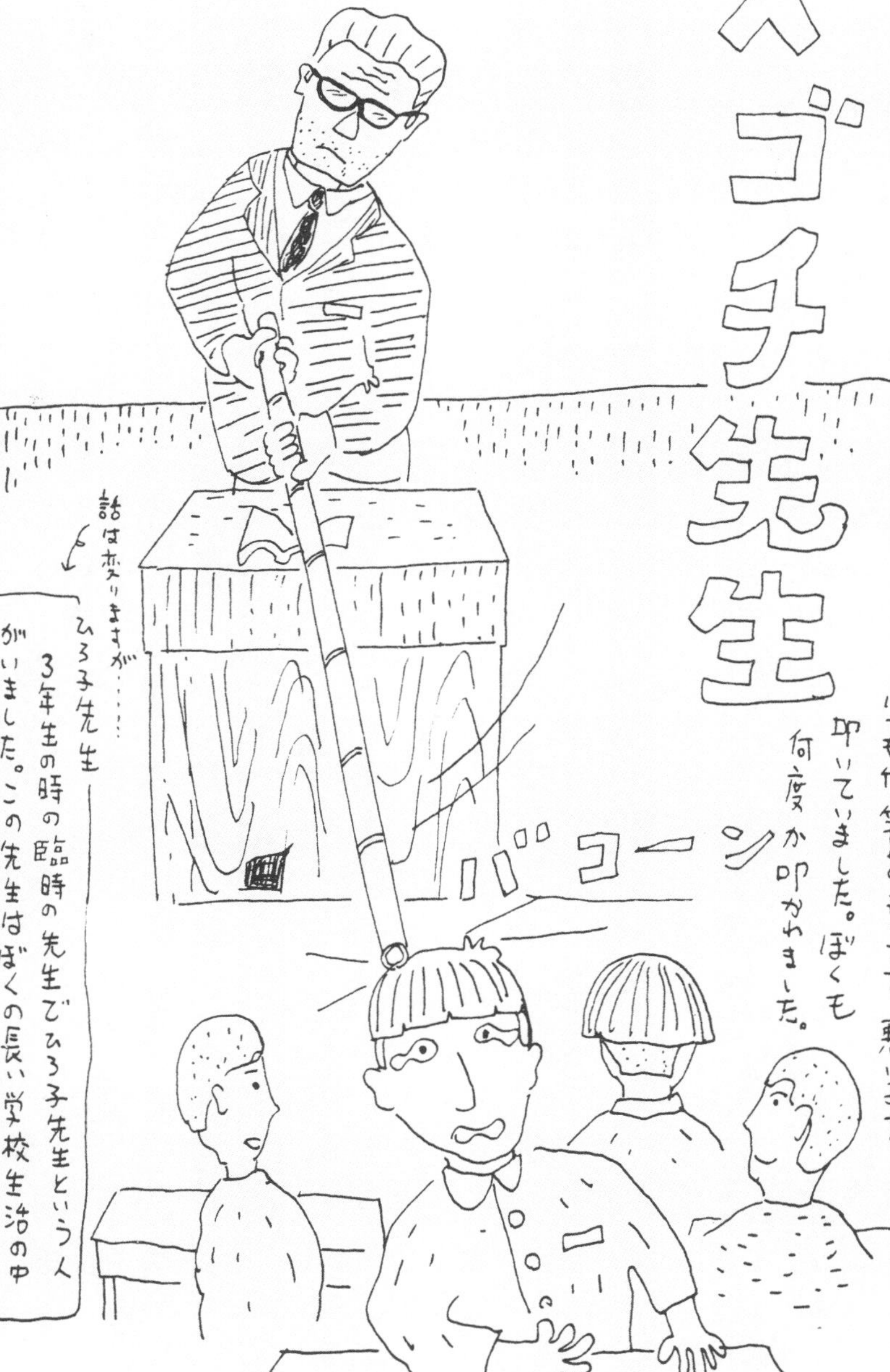

話は変りますが……

ひろ子先生

3年生の時の臨時の先生でひろ子先生という人がいました。この先生はぼくの長い学校生活の中でぼくをひいきしてくれた唯一の先生でした

不良高校生

●写生大会で道後公園へ行きました。そこで不良高校生にからまれている中年のおじさんがいました。おじさんが高校生を注意したかなんかで高校生が反発したんだと思います。「ええ帽子かぶっとるやないか」と高校生がおじさんの帽子をいじりまわしていました。おじさんの人は黙ってたえているカンジでした。

ぼくたちは

ぼくたちの先生がなぜ、おじさんをたすけないのだろうと思いました。いつもぼくたちにはいせいよくおこるくせにと思いました。

●ところで、この不良高校生の学校へ十何年後に職員としてつとめるようになろうとはその時は夢にも思いませんでした。

●あの不良高校生たちも今では高校生の子どもをもつぐらいの年齢になってるかもしれません。そして自分の子供にあのおじさんのようにからまれているかもしれません。

●ぼくのもっともニガ手な教科は体育でした。ほとんど運動神経ゼロのぼくは走っても、泳いでも、とんでも、転んでもいっもまちがいなくビリだったのです。もちろん鉄棒もダメで、サカあがりがどうしてもできず、とうとう、クラスのみんなのみている前でできるまでやらされるハメになりました。一番つらかったのは女の子たちに笑われること で泣きたいくらいでした。

体育の授業

修学旅行

●本当は修学旅行に行く前におねしょのくせはなおっていたのですが、母が先生におねしょするかもしれませんとぼくにないしょで言ってたのです。

修学旅行の夜、ぼくは突然、だれかに起されました。ねぼけているとそれは先生でした。先生は「便所行ってこい」と言いました。先生はメモを持っていて、クラスの何人かを起していました。

先生というのは大変だなアとその時思いました。そして、おねしょするやつというのもけっこうたくさんいるなアと内心うれしく感じました。

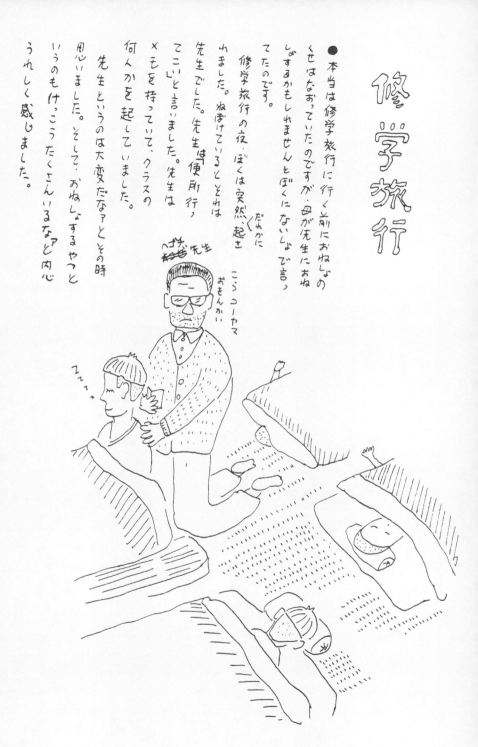

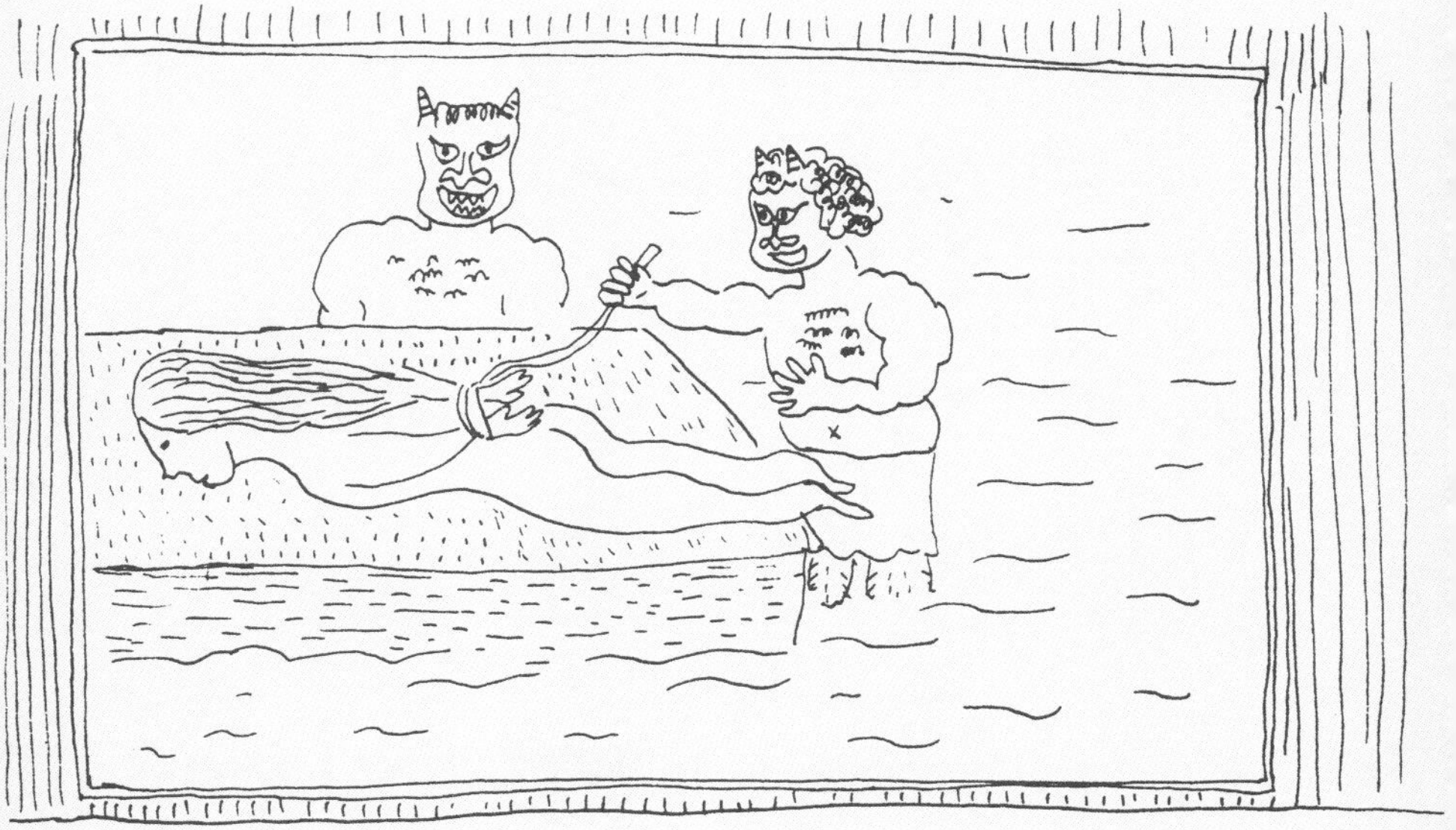

●修学旅行で別府のラクテンチへ行きました。なんとか館というのがあって、オームの人形が頭を下げながらあいさつしたり、飛行機の内部模型を展示してあったりしてましたが、壁に描かれた大きな絵が人目をひきました。鬼が女の人をいじめている絵でした。その絵をみていると、なぜかおしっこをがまんしているような気持ちになりました。

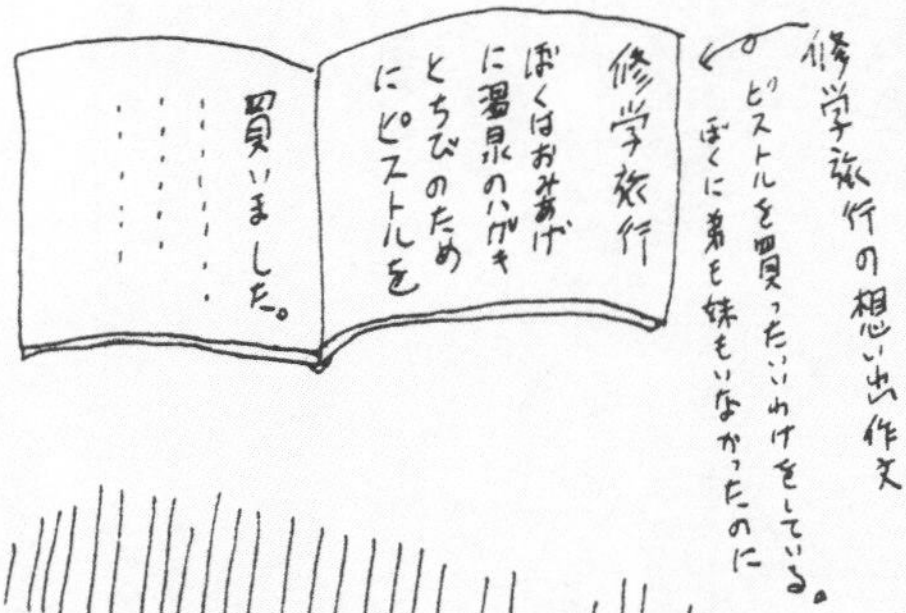
修学旅行
ぼくはおみあげ
に温泉のハガキ
とちびのため
にピストルを
買いました。
修学旅行の想い出作文
ピストルを買ったいいわけをしている。
ぼくに弟も妹もいなかったのに

定員300名
別府で買った銀玉ピストル。
連発ではなかった

ぼくらは船底に集った。

●修学旅行で帰りの船にひどく酔ってしまいました。甲板で吐いていると、勉強のよくできた越智君が来てやさしく声をかけてくれました。それまではあまり話をしたこともなく、頭のいい人はにが手だったのですが、ぼくはその時からひどく友情を感じるようになりました。

映画・テレビ・紙芝居

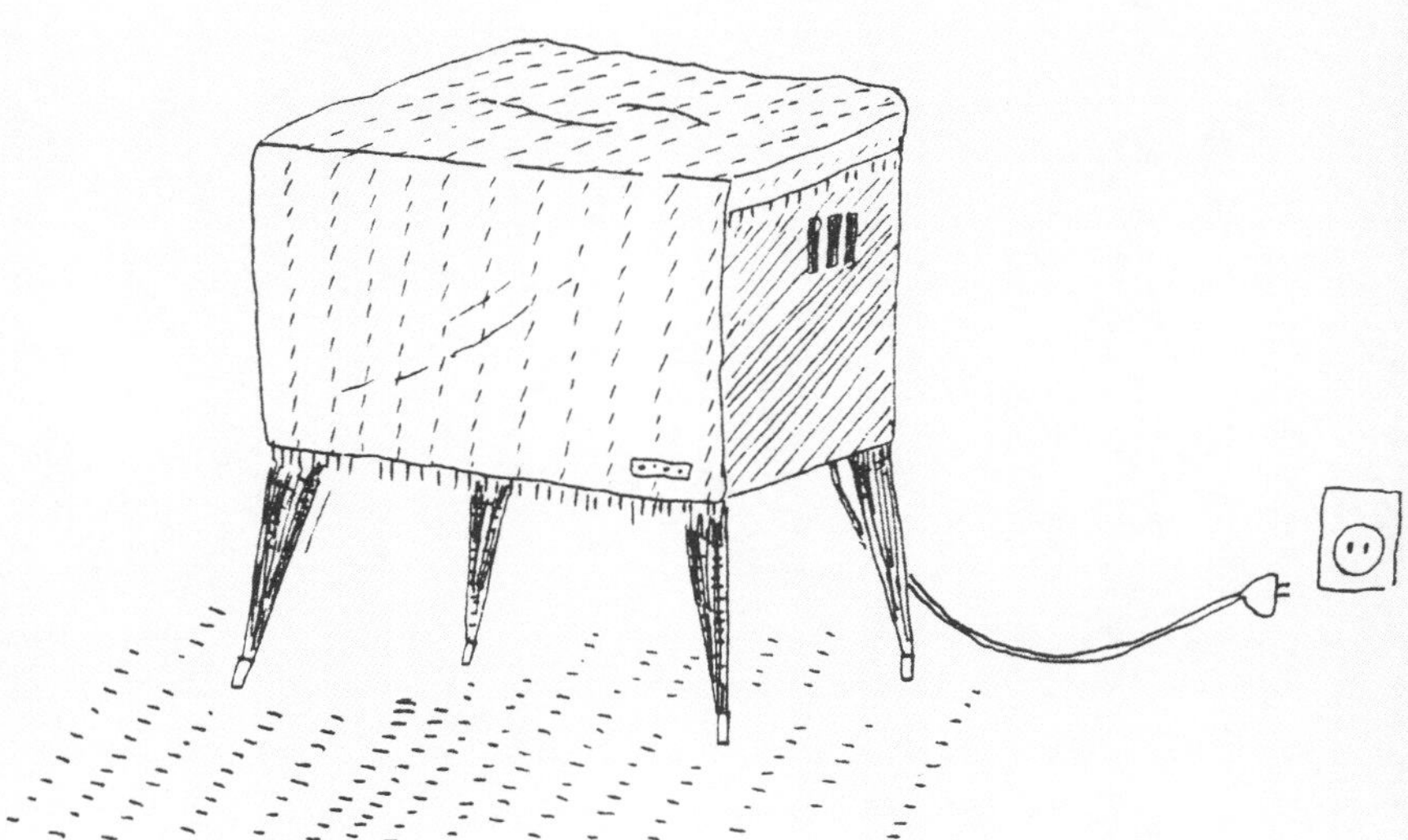

映画はとても身近だった

公民館に土曜日の夜よく映画が来ました。ほとんどの人がみにいきました。大人も子供も。
"ラドン"がきたときはぼくは何日も前からコーフンしていました。

公民館で映画があった次の日、裏庭にフィルムのきれっぱしがおちてました。ぼくたちは、コーフンしてそれをひろいあつめ、宝ものにしました。

街の映画館へ「つづりかた兄弟」という映画をみにいきました。とても悲しい映画で、上映後あっちこっちですすりなきの声がしました。
あの頃はみんな貧しくて、真面目でした。

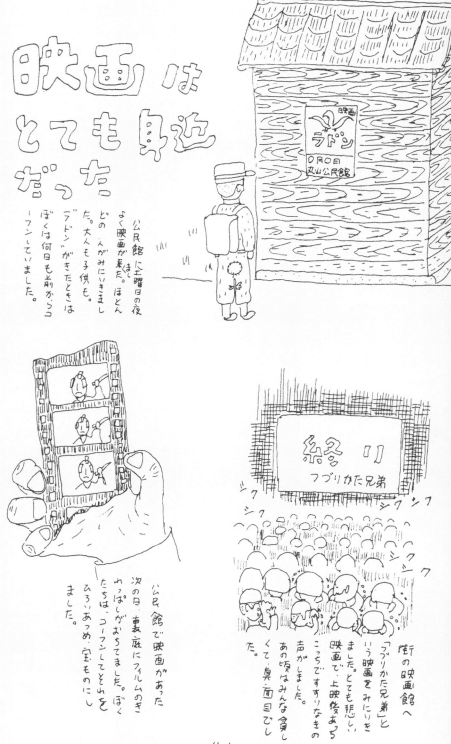

●母はよくぼくを映画につれて行ってくれました。あの頃の映画館はど

こへ行ってもいっぱいで座るのが大変でした。いろんな映画をみましたが、一度山下清のドキュメンタリー映画をみたことがあります。山下清の絵の色のすばらしさにぼくはすっかりおどろきました。

●丸山公民館でみた映画のワンシーン

●題も内容も忘れてしまいましたけど、たしかどこかの島へ疎開していた子供たちと先生とのことを描いたものだったと思います。若い女の先生が苦労して手に入れたお芋に生徒たちが大喜びする感動的なシーンです。

●その子供たちをのせた船が嵐かなにかで沈没してしまうシーンです。　暗い海に船がのみこまれていくのがとても悲しかったのです。この時、戦争がとてもこわいものという気持ちがしました。どういうわけか、このニつのシーンしか覚えていないのです。

スクリーンが垂れてて
スターの顔がゆがんでました。

●道路にスクリーンを張って、インスタントムービーシアターの出来あがり。ぼくたちは裏側からロハで映画をみたものです。しかし、左右が逆のうえ、音も聞えなかったので何も判らなかったのです。

●学校でもよく映画が上映されました。一度映写機が壊れて、なかなか直らず、やっと映画が終ったときは、外はすでに夜でした。夜道を皆でワイワイ帰ったけれど、その方が映画より面白かったのを憶えています。

窓の外はマッ暗夜なのです。

映写機を一生けん命直している先生たち。

すっかり、たいくつしてしまった。

映画をみるとすぐマネをした

●ぼくはどういうわけか、映画をみて、カッコよかったり、心にのこったりするとすぐ家へ帰ってマネをしたくなるのでした。赤胴鈴之助をみると、刀が欲しくなったり、悪者の鳥人のマスクを馬糞紙でつくったりしました。

●すぐに影響されてすぐにマネしてしまう悪いクセは今でもなおってないのです。こまったものだ。

ぼくのスーパージャイアンツ
タオルのほおかむり、ふろしきのマント白いももひきのタイツ。すべてカタチは似ているけど、なんとなく風邪ひいた赤ずきんちゃんみたい。小学校3年生も4年生にもなってこんなことしてよろこんでいるのはぼくだけでした。
このカッコウで外へはでれなかった。
赤胴鈴之助の
これはわれな
うまくできた
思いました
月光仮面
サングラスのつくりかた。メガネのつるをボール紙でつくり、レンズのかわりにうすい色のついた布をのりではる。ぼくは母の着物のハギレをもらって作った。
宇津井健のスーパージャイアンツが好きでした。この映画にでてくる宇宙人はなぜかぶきみで、リアルでした。白黒映画というのはどことなく迫力があったのです。それにしても宇津井健の股間のふくらみはなんとなく不自然でした。
→あまりの不自然さに母に相談したほどでした。
宇津井健の
スーパージャイアンツ

●白竜の農協会館での映画はよくみにいきました。松山で映画をみるのとぶんいきがちがうのは、みている人が、映画をより自分のものにしているところです。ひらたく言えば現実と映画の区別ができていないのです。例えば鞍馬天狗をやっているとかならず正しい方がピンチになります。するとみている人たちは「はよーはよー」とスクリーンめがけて叫びだします。これは鞍馬天狗にはやく来て悪者をやっつけてくれという意味なのです。むろんぼくも叫びました。そして鞍馬天狗が現われると一斉に拍手をするのでした。

夜の紙芝居

●「松山中の紙芝居のおじさんたちが集って丸山公民館で何時間もぶっつづけで紙芝居をするのだ」といつもの紙芝居のおじさんは何日も前からぼくらに予告していました。ぼくはわくわくしてその日を待ちました。

そしてその日の夜松山中の紙芝居のおじさん全員はあつまらなかったけど、それでも数名のおじさんが二時間ほどつづけて紙芝居を上演してくれました。

●その頃すでにテレビが登場し、紙芝居をみたくる子供が少しずつへりはじめていました。だから、おじさんたちの熱演とはうらはらに、外の夜の気配のようになんとなくおじさんたちの淋しさがぼくたちにも伝わってきました。

ねりあめ
わらびもち
ぬきあめ
・・・・・・
あめを買わなくても
紙芝居みせてくれた
おじさん。
紙芝居がはやらなく
なって・もうぼくら
のところへこなくな
りました。
ある日・おじさん
が自転車に乗っ
て工場へ働きに行って
るところをぼくらはみました。
おじさんは淋しそうでした。

さんぱつやのテレビ

●テレビを一番最初に買ったのは散髪屋さんでした。
もちろん「客よせ」のためです。

散髪をする人は中でテレビがみれましたがそうでない人は外から窓ごしにみました。それでも、すもうやプロレスなど、長時間にわたってみました。

ある夕方、テレビを見てて、あぶに足をさされました。

●当時はテレビを観る時は部屋をまっ暗にするのが普通でした。

西山商店のテレビ

●西山商店の奥の座敷(といっても座敷は一つだけだったと思う)で、夜になるとテレビを観せてくれました。床屋のテレビとちがって、お客さんでなくても観せてはくれましたが、やはり、何かお菓子かおもちゃを買ったほうが堂々とテレビを楽しめるといったカンジでした。

●奥の座敷ではいつも十数人の子供と一人の大人の男のひとがいました。その大人のひとはいつも座布団を持ってきていました。ある日テレビにコロンビア・ローズが映った時、そのひとは「あんな女とキスしてみたいなァ」と大きな声でいいました。

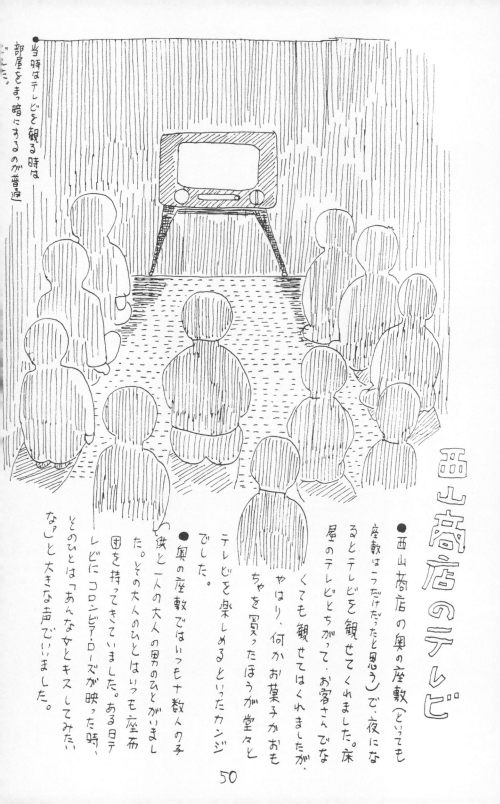

遊び ともだち 生活

ともだち

たかちゃん

●たかちゃんは獣医のむすこでした。勉強はぼくといっしょでさっぱりできませんでした。勉強はできなかったけどたかちゃんはすばしっこくて、要領がとてもよかったように思います。

たかちゃんにはたくさんのお姉さんと二人のお兄さんがいて、彼はその末っ子でした。

たかちゃんもぼくもあまりに勉強ができなかったので二人の母親たちにいつもガミガミとしかられていました。

●たかちゃんはよく家出をする人で、家出といってもおかあさんにしかられて、どこかへかくれるだけですが、ぼくは彼をよくさがしにいかされました。

小学4年生頃

写真 NO.3

●写真です。たかちゃんはお兄さんの色めがねをかけています。おどけているのです。

しげちゃん

●石浜のしげちゃんはぼくが5年生か6年生の時、広島からひっこしてきました。ぼくの家の南隣り（の）家に住んでいたのですぐ仲よしになりました。しげちゃんは当時の子供にはめずらしく、メガネをかけていました。そして野球帽をいつも深くかぶっていました。そのためかなんだか淋しそうな感じのする子供でした。

しげちゃんがある日淋しそうに一人で校庭に立っていたので、ぼくらがいっしょにかえろうと声をかけると返事もなく涙ぐんでいました。どうしたのか問いつめるとしげちゃんは悲しそうに「ホキンシャになってしもうた」と言いました。ホキンシャというのは保菌者のことで、当時味生小学校で赤痢が大流行したことがあり、たくさんの子供が発病したのです。しげちゃんも検便の結果健康保菌者つまり体に異状はないけれど赤痢菌を持っているには持っているということになったのです。そして明日の朝から入院しなければならなくなったのです。ただでさえ淋しそうなのにいっそう悲しそうにみえました。不幸な目にあったものを茶化すのが子供の世界なのですが、その時はぼくたちも「大丈夫だよ」と大人のような口ぶりをして、しげちゃんをはげましました。

●しげちゃんとぼくは不思議と気があって、二人はずいぶん大きくなるまでよく遊びました。いろんなことをして遊んだのですが、ものをつくることが二人とも好きだったので、変ったものをよく作りました。（飛行機のコックピット。さむらいやビートルズのかつら。機関銃。ベニヤ板のギター。ロボット……）

●ぼくは友だちのしゅんちゃんと当時はやっていたロケット遊びをついにやりました。上級生たちがやっているのをみたことはありましたが、自分たちだけでやるのははじめてでした。実験は大成功し、二人はコーフンしました。
でもこの遊びはすぐに禁止され、ロケット実験はこの時の一度だけということになりました。

友だちのしゅんちゃん

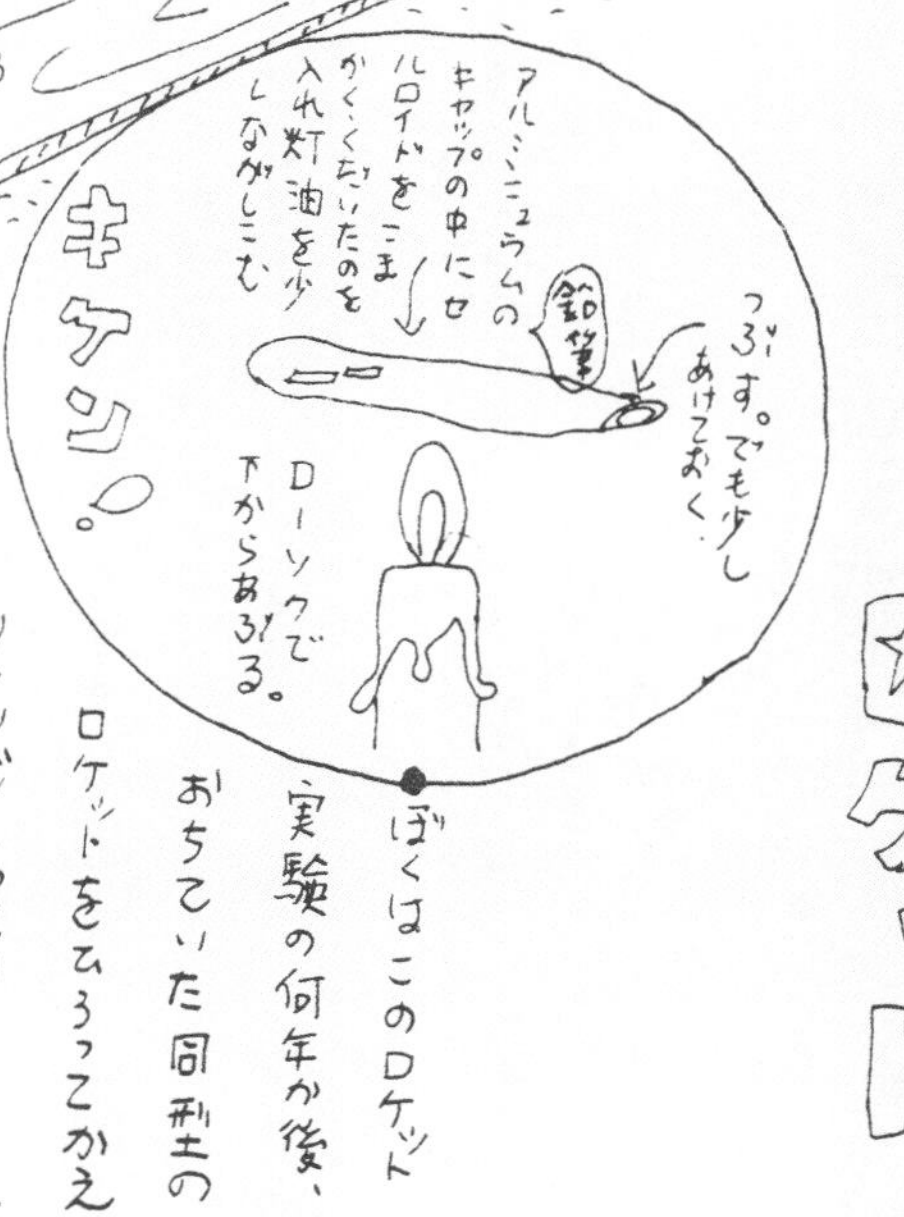

アルミニュウムのキャップの中にセルロイドをこまかくくだいたのを入れ灯油を少しながしこむ
鉛筆
つぶす。でも少しあけておく。
ローソクで下からあぶる。
キケン!

ロケット

●ぼくはこのロケット実験の何年か後、おちていた同型のロケットをひろってかえり、いじくっているうちに爆発し、近所の人に病院へ連れていかれたのです。
でもこのロケットは燃料がセルロイドや石油ではなくなんと紙火薬だったのです。
おそろしい—。

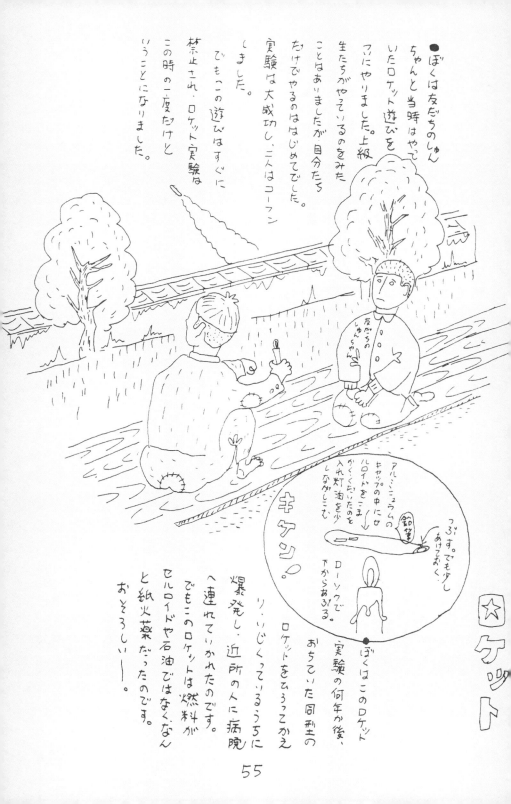

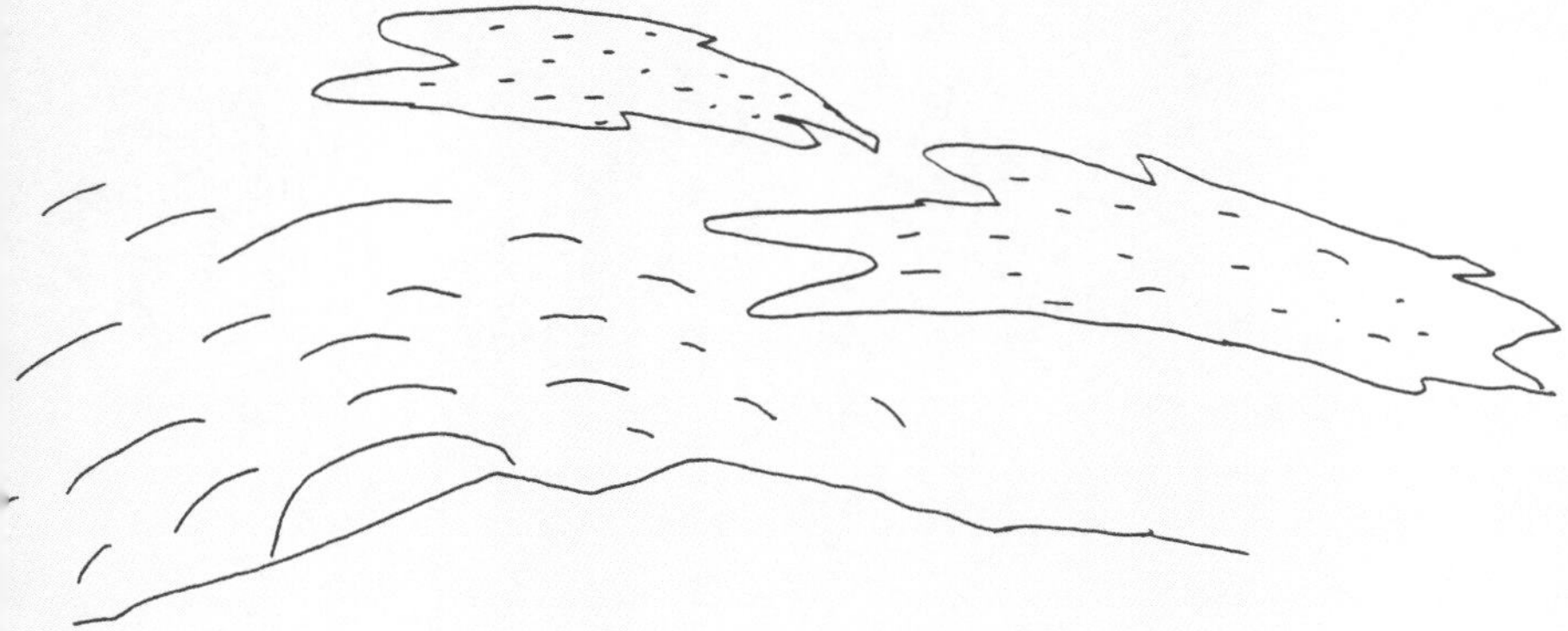

パッチン

●近所の子と二人で組んでパッチン（メンコ）のあらかせぎをしたことがありました。信じられないくらいのパッチンを手に入れた二人は缶にそれをつめ町はずれの空地に穴を掘ってかくしました。

自転車

● 小学校四年生の時 自転車がとても欲しくなりました。あまりの欲しさに自分で作ることは出来ないだろうかと思ってノートのはしっこに「竹でつくる自転車」の絵を描いたことがありました。

ある日父が「こうたど！」と言いながら家へ入ってきました。あれほど欲しかった自転車を父が買ってくれたのでした。もちろん中古でなんとなくずんぐりした自転車でした。ぼくはうれしくてたまりませんでした。

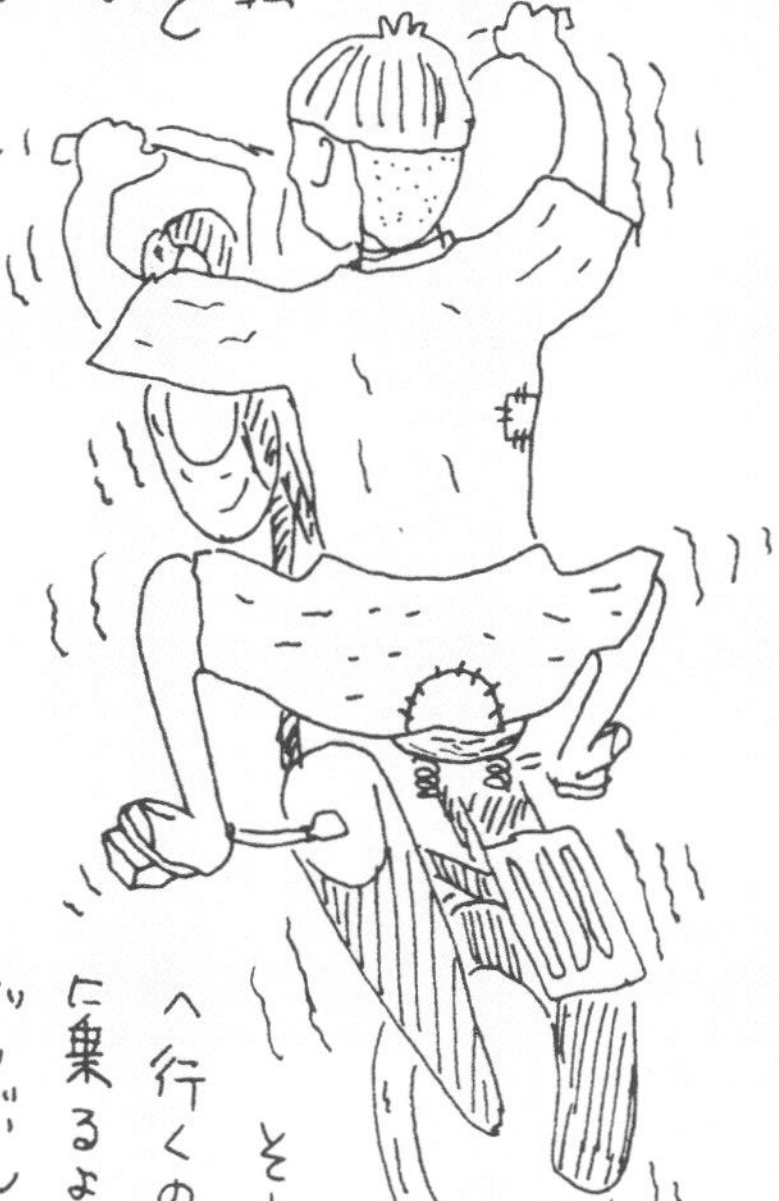

● 次の日からぼくは 練習をしましたが・なかなか乗れるようになれず「もう乗れるようになったかい」という近所の人の質問にぼくは「まだ自転車をかついで走ったほうが速い」と答えました。

それでも田んぼに何度か転げおちたあと、自由に乗りまわすことができるようになりました。

それからはどこへ行くのも自転車に乗るようになり、ずいぶん行動半径が拡がりました。

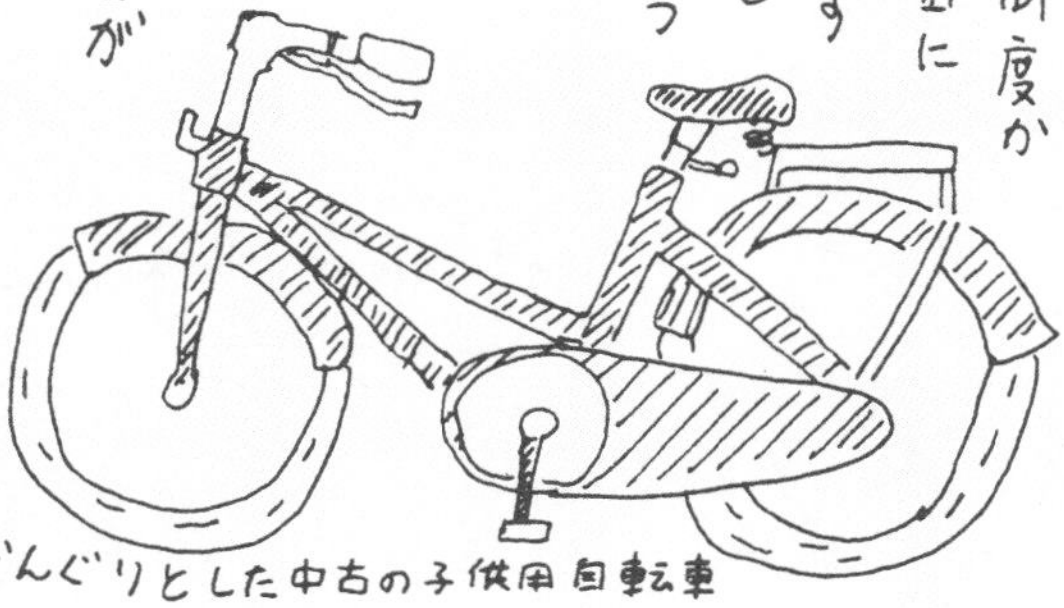

ずんぐりとした中古の子供用自転車

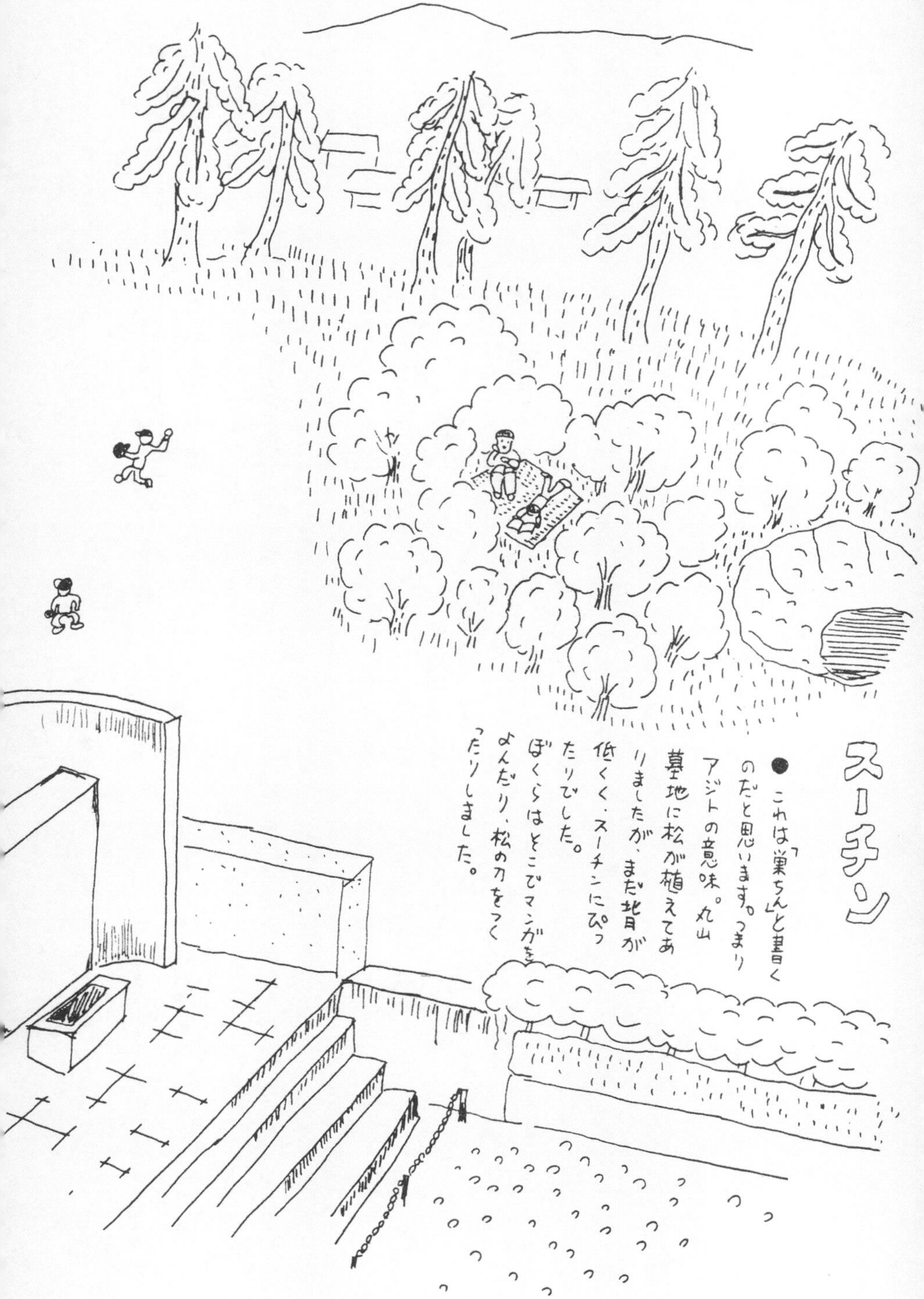
スーチン
● これは「巣ちん」と書くのだと思います。つまりアジトの意味。丸山墓地に松が植えてありましたが、まだ背が低く、スーチンにぴったりでした。
ぼくらはそこでマンガをよんだり、松の刀をつくったりしました。

その頃のファッション
学生帽
夏になると白布のカバーをつける。
学生服・復員兵のようなカンジだった。
綿だったのですぐやぶれた。
はじめから尻あてがついていた。
まえ
うしろ
くつ下もすぐ破れ、のびた。ツギはぎ。
ゴム入
半ズボンは夏だけ。今のように冬、はいたりする子供はいなかった。前はファスナーでなくボタン。
こんなスタイルで学校にいったこともある。
半ズボンとはいえずっとながい
ゴムぞうり
不思議なカタチのトレパン。七分風
母がつくってくれたアロハシャツ。柄が大胆なうえ、赤色だったので、学校へ持って行ったものの恥しくて着がえることができなかった。
母がつくったコート。わりと気に入っていた。ピーコート風。
体操シャツはこれ
冬になるとズボン下や長袖のシャツを着こんだ。
足袋と下駄
かさね着
母はあみものができたのでセーターをよくつくった。
セーターをズボンの中にねじこむととてもあたたかい。

遊び

●自分たちで船を作ったけどあまりうまくつくれませんでした。斜めになったり、くるっとひっくりかえったり…。だれかが沈めやいこしょうと言いました。実際そうしても少しもおしくはありません。材料はかまぼこ板やブリキのきれはしで、ひろったくぎを石で打ちつけたものですから。石を投げつけて相手の船をはやく沈めたほうが勝ちでした。

●子供みこしといえどもお祭りになるとケンカをするのがいつもでした。
小学校の低学年だったぼくらは本当のみこしのケンカはできないので、ひろった木箱やバケツなどを荒縄で角材にしばりつけ、おみこしをつくり、何度もぶつけてはぐじゃぐじゃになるまでケンカごっこをしました。

本当のお祭りはとっくに終っているのにぼくらはいつまでもこの遊びをしていました。

日光写真機。

●学校の近くの文房具屋さんで木枠のおもちゃのようなものをみかけとても欲しくなりました。家へ帰って、母にあれが欲しいと言いましたが、それが何であるか説明できなかったのです。ぼくは泣いて欲しがり、姉が仕方なく自転車で買いに行ってくれました。何かわからないものを欲しがるぼくはそうとうわがままだったと思います。あいまいな説明にもかかわらず、姉はちゃんとそれを買ってきてくれました。それは日光写真機でした。

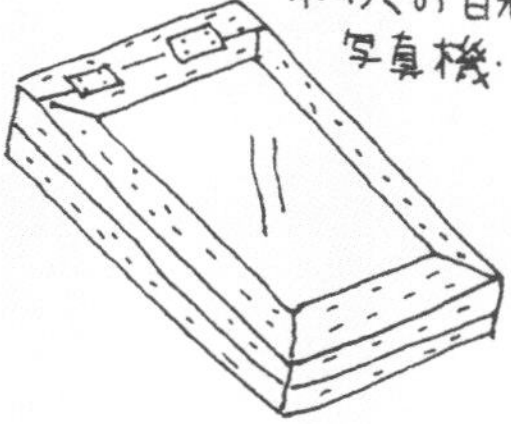

木わくの日光写真機

●この木製の日光写真機ではありませんが、雑誌の付録でボール紙製の日光写真機をある日使おうと思ったのですが、あいにく天気が悪くて使えません。そこでぼくは当時我が家に入ったばかりのガスコンロの青い炎をみて、これならきっと写真が映るにちがいないと思い、日光写真機をヤカンにもたせかけ、母に時々みるようにたのみ遊びに行きました。日光写真機のことなどすっかり忘れて、夢中になって遊び、家へ帰って、そうそう忘れてたと台所へとびこみました。日光写真機はすでに影もかたちもなく消えてしまっていました。燃えてしまったのです。

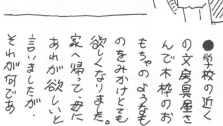

父のつくったおみこし

●おもちゃのおみこしが欲しくて、泣きました。父が木ぎれやトタン板のあまったのをあつめて、おみこしをつくってくれました。それをとなりの正ちゃんと二人でかついで遊びました。

売っているおみこしはカンナもかけて、きれいに色が塗ってあってスマートでしたが、父のつくってくれたおみこしはブリキもそのままで、木もゴツゴツしていました。ぼくは不満でした。

●八幡さんのある山のすそに大きなほら穴がありました。防空壕でした。
ぼくらは石を投げ込んだり、大声で叫んだりするだけで中へは入ることができませんでした。

さくらんぼ
さくらんぼや
とってたべろうや
うまいねや
うん
おじいがきたぞ!
おりろ!
コラまて
ギク
おまえら
さくらんぼ
たべよったろが。
いえ
たべません
うそいえ!
二人で顔を見合いこしてみいッ!
ばかたれが。
●二人とも口のまわりがさくらんぼで真黒になっていて結局ばれてしまいました。それにしても今頃の子供はくだものをぬすみませんねえ。
おわり

自分たちで作ったおもちゃ

●あまりおもちゃも売ってなくて、子どもたちはいろんなものを自分たちの手でよくつくりました。手先の不器用なぼくはなかなかみんなと同じようなものが作れず、苦労しました。

竹でつくった弓

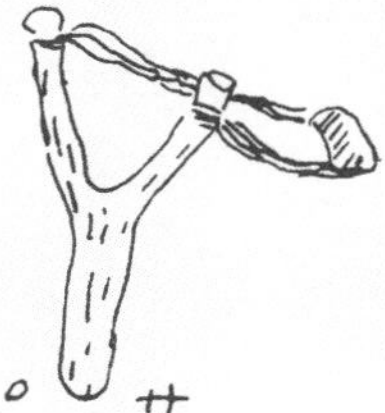
パ　サ
（パチンコ）

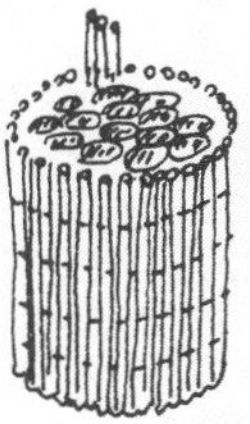
炭だわらの
カヤの矢

デリケートなすぎの実鉄ぽう。

きしゃな〜
ベチャー

紙鉄ぽう
チリ紙を口の中でぐちゅぐちゅかみ玉にする。うたれた方はだ液でべちょべちょの玉が顔にはりついたりする。

あなたも作ったでしょう
こんなの

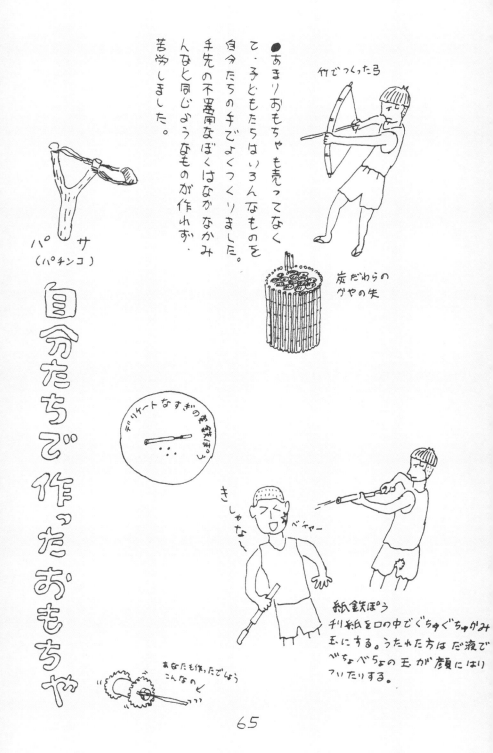

内職

●母は家計のたしにしょうといろんな内職をみつけてきてはせっせとはげんでいました。婦人用手袋の糸の始末・袋はり、栗の皮はぎ……etc
夜はぼくらも手伝いました。いつも仕事で遅い父もたまに早く帰った時など一家中で内職をしました。いつもはロゲンカばかりするのに内職をみんなでしていると、共通の目的があるからか、競争するからか、なんとなくなごやかになれたような気がしました。

一家だんらんというのはこういうのを言うんだなとその時、本当に思ったものです。

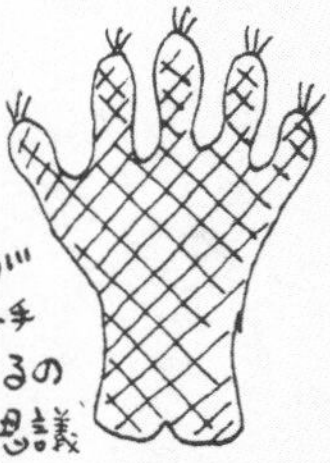

●輸出用手袋の指先部分の糸の始末。外国の女の人がこんな粗末な手袋を本当にするのだろうかと不思議に思いました。この内職がぼくが記憶しているものではわが家で一番古い内職でした。

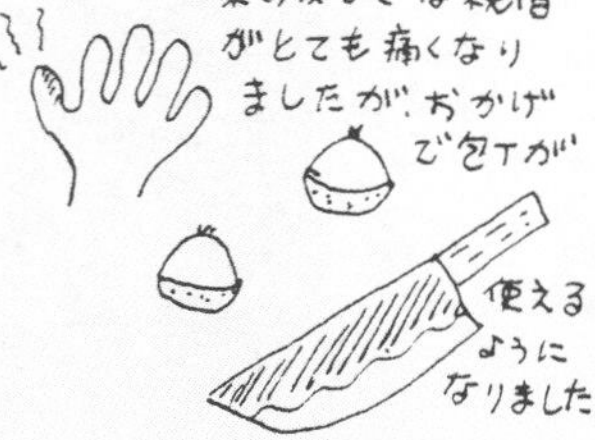

●栗の皮むぎは親指がとても痛くなりましたが、おかげで包丁が使えるようになりました。

●母はたのまれて近所の人のセーターをよく編んでいました。編むのは手伝えないけど、毛糸を束になっている状態から玉にするのを手伝わされました。いつもやらされると手がとてもだらしくなってしんどいのでぼくは竹と木ぎれで下の図のようなものを作ったのですが、毛糸のたばがうまくかからず失敗してしまいました。しかし母はぼくが母を楽させようと思って作ったと勘ちがいし、→

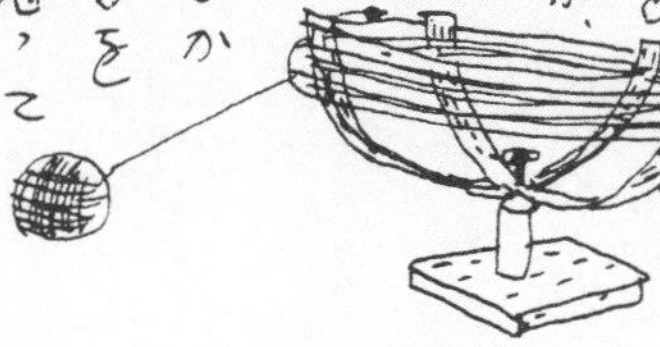

えらくよろこんでくれました。本当はぼくが楽をしたかっただけなのに。

お医者の息子

●となりの村に住むお医者の息子はぼくらより二つ年が下なのにえらくいばっていました。小学一年生のくせにもう自分の自転車を持っていてぼくらを追いかけて泣かせて喜んでいました。

でもぼくらはその子のお父さんがぼくらの学校の校医さんをしていたので、その子にさからうと、予防注射をするときなど特別、痛くされると信じていたのです。だからぼくらは泣いて逃げるだけでした。

いじめられるしゅんちゃんとぼく

塾だ！

●一度先生がどっかへ行ってしまってて、昼寝だけして帰ったことがありました。

●その頃でも学習塾というものはありました。ぼくとたかちゃんは勉強がまるでできなかったので、母親たちに塾へ行かされました。愛大生が近所の子供をあつめてやっているものでしたが、ぼくはここで勉強したという記憶がなく、プロレスしたり、飛行機つくったり、アイスキャンディたべたりしたことしかおぼえていません。

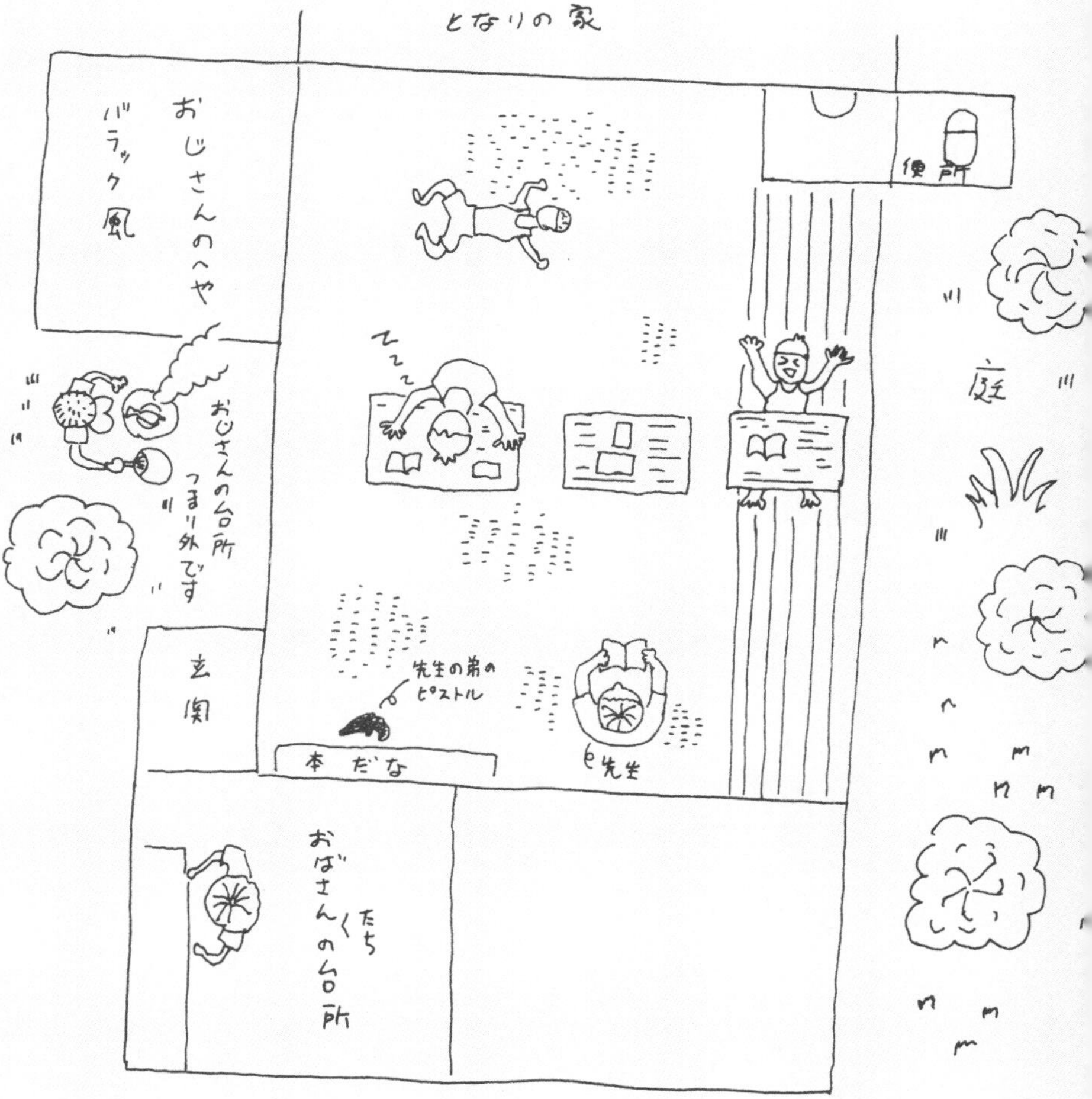
となりの家
おじさんのへや
バラック風
便所
庭
おじさんの台所
つまり外です
玄関
先生の弟の
ピストル
本だな
先生
おばさんたちの台所

●塾の先生のお父さんはもと刑事で、法律の本がたくさんありました。先生のお母さんも読書家でよく本を読んでました。変っていたのはこの二人で、同じ家の中で別居していました。別々に食事をつくっていたのです。今日やきのうからといった風でなくって、もう何十年もそうしているといったカンジでした。

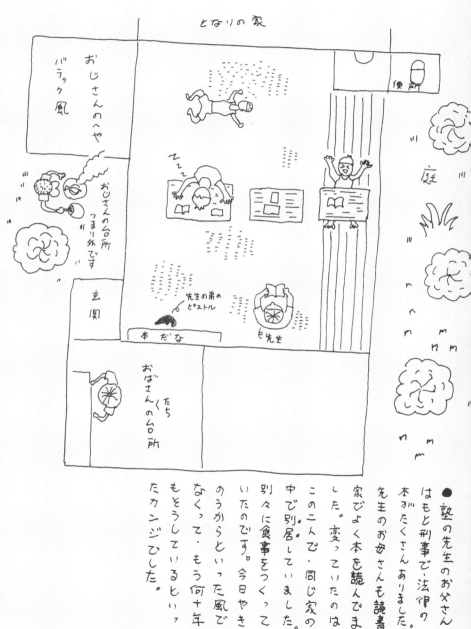

日食

ある日、日食だというので学校が早く終りました。家へ帰って、ローソクでくすぶらせたガラス板とかセルロイドの下敷で観察したらいいと先生が教えてくれました。

学校でぐずぐずしていたため帰る途中で日食が始ってしまいました。

皆が下敷を出してかけた太陽を見ている時、足元をみると木の影が葉の部分で太陽と同じ三日月のカタチをしていて、それがたくさんあったので、ぼくは大変おどろきました。

チャンバラ

●近所の古川君という二つぐらいうえのお兄さんと二人でチャンバラをしました。二人が戦うのではなく、二人が味方になって敵をやっつけるのですが、この場合敵は見えません。

どうしてもさえ居じみてきます。「はやく姫をたすけねば」「おぬしいくぞ」などと二人で言っているのを近所のおばさんたきかれてしまい、二人はとても恥かしかったのです。

●通学に使ってはいけない山越の道には草のトンネルがありました。

みちくさ

●のどがかわくといつもきまった家で
水をのませてもらいました。

カバヤ

●カバヤの宣伝車がきました。
カバのかたちをしていました。
とても大きいので
おどろきました。
おまけに口が
開いたので
みんなは　もっと
おどろきました。

フロク

少年雑誌

●当時はまんが雑誌も「少年」「ぼくら」「冒険王」など月刊が主流で毎号やけくそみたいに、これでもか、これでもかというぐらいフロクがついていました。たとえば「少年」8月号堂々10大フロク。などといった具合でした。10大フロクといっても9番目とか10番目とかになると、カード一枚とか紙きれ一枚とかそんなところで数だけ競いあうといった風でした。

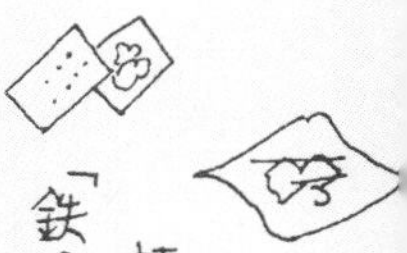

ぼくはもっぱら「少年」の愛読者でした。当時人気のあった「鉄腕アトム」と「鉄人28号」を連載していて他の雑誌に比べるとスマートというか都会的なかんじがしてたように思います。

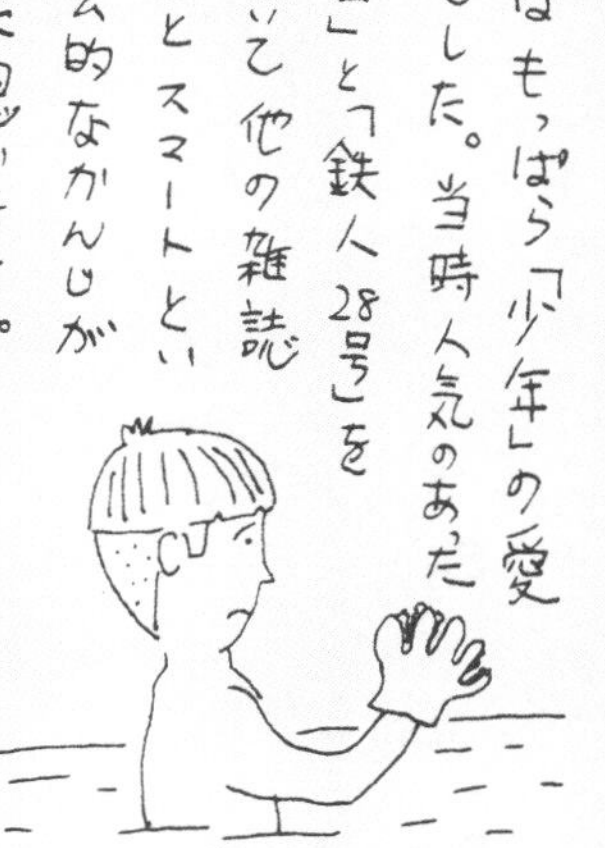

フロクにあった水かき手袋は1回でやぶけてしまいました。

●ところで今、人気のある週刊「少年サンデー」もぼくが五年生のころ発刊されました。しかし、毎週マンガ本を買ってもらうわけにはいかず、又あの月刊のマンガ誌のようにやけくそみたいなフロクもなかったのでぼくむきではありませんでした。
そしていつの間にかマンガを読まなくなっていました。

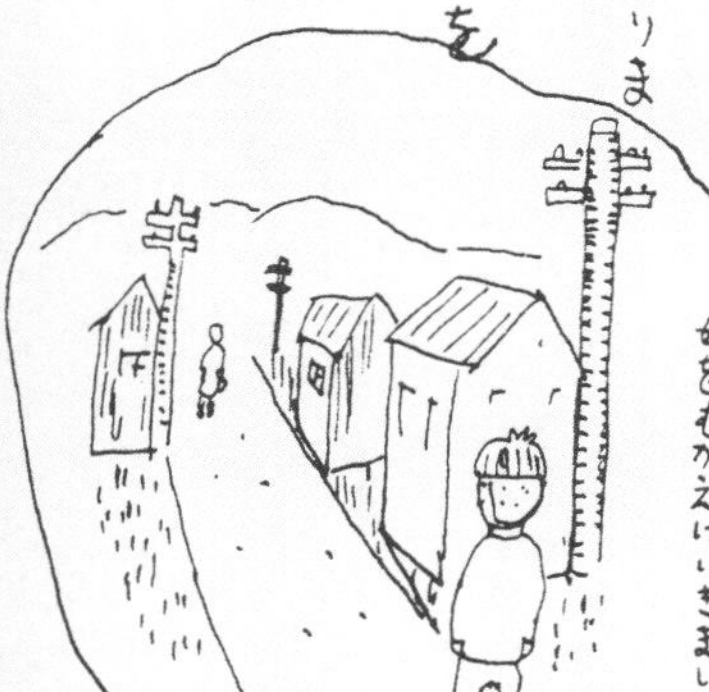

雑誌の発売日は母をむかえにいきました。

停電

●あの頃はよく停電になりました。台風や大風の時はもちろん、なんでもない時でもふーっとローソクが消えるように電球が消えました。電気がこなくなってもラジオが聞けなくなるぐらいで、今のようになんでも電気に頼っていたわけではありませんから別段困ったことはありませんでした。

ローソクをつけると別の世界のようでわくわくしました。

●大学生の時、下宿したことがありましたが、そのアパートで台風の時、停電になりました。

となりの部屋にすんでいる工員さんの一家が、ローソクをともして歌を歌っていました。

とてもうらやましい気がしました。

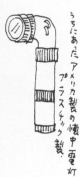

うちにあったアメリカ製の懐中電灯
プラスチック製。

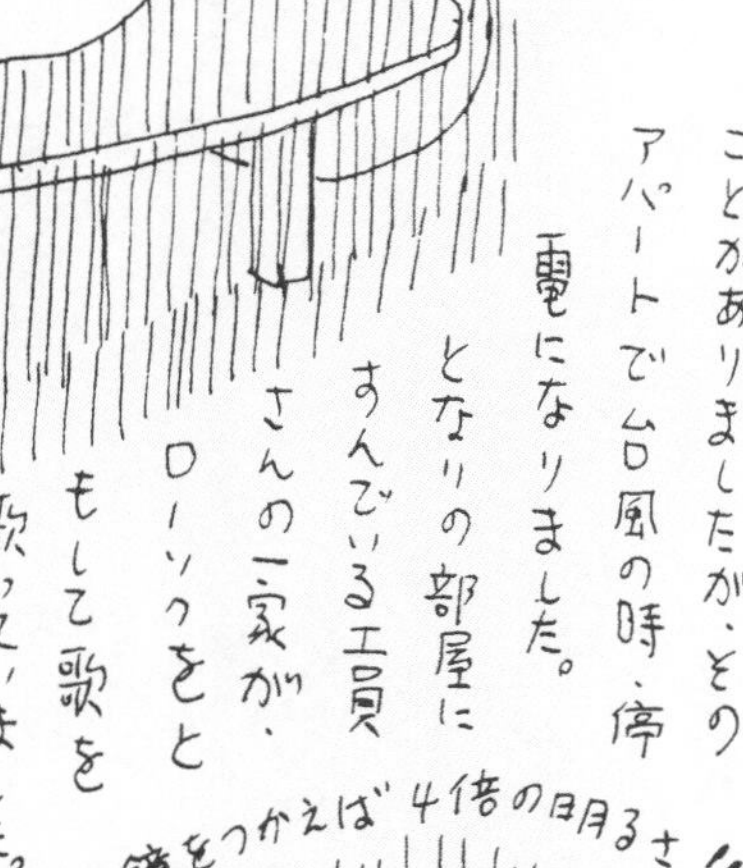

心優しき

二人のおじさん

●近所に入れ墨をしたおじさんがいました。やたら入れ墨をみせたがり、お祭りでは子供以上にコーフンしていました。

「おれの手相をみろ！天下をとるの
て
という手相だろう。」でもぼくも同じ右手が
て
という手相でした。
もちろんぼくもおじさんも天下をとりませんでした。
入れ墨
苺水

●発明好きのおじさんはある夏の夕方、ぼくたちと遊んでいました。昔、得意だった棒高とびをみせてくれたのはいいのですが棒が腐っていてろっ骨を折ってしまいました。

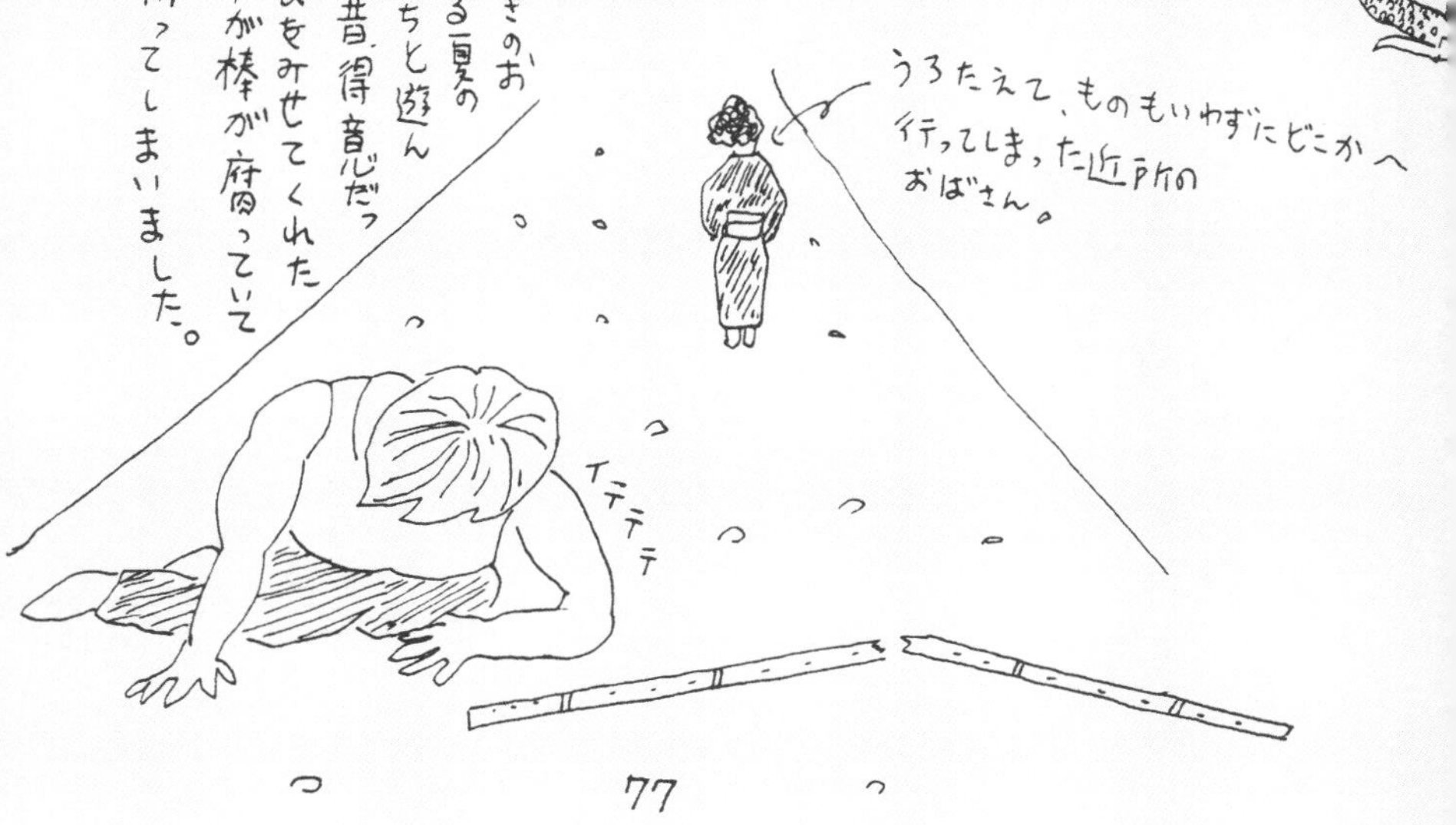
うろたえて、ものもいわずにどこかへ行ってしまった近所のおばさん。
イテテテ

きんぬき
ほんとはかなしいおはなしです
わァ！たべた
でけた！
"ぶたきん"というのは
とてもおいしいんだそう
です。ぶたは成長のため
に"きんぬき"をされ
るのです。当然ぶた
きんは一頭に一個いや
正確には二個あまってく
るのです。人間のため
"きんぬき"されるぶたかな
しいです。

きんぬき

●たかちゃんのお父さんは獣医でした。
ある日、「ぶたのきんぬき」についていったことがあります。ぶたの成長のじゃまになるのできんたまを切ってのけてしまうのです。

ぼくとたかちゃんはぶたを必死になっておさえていました。たかちゃんのお父さんはまずきんたまをハサミでちょきんと切って、きり口をひもでぐるぐるとしばる作業をぶたのうんちだらけになりながら、つぎつぎとやっていきました。

はさみで切っていく作業はひどく原始的であれならぼくでもやれるかもしれないと思いました。

その日の夜たかちゃんの家で、「きんぬき」の話をしていると、たかちゃんのお姉さんが、以前、おとうさんの「きんぬき」の手伝いをしていたら、そばでみていた近所のおじさんがおちてたぶたのきんたまをそのままぱくりとたべてしまったと言いました。なんでもぶたのきんたまはすごくおいしいんだそうです。

●ところでこのたかちゃんのお父さんに一度風呂屋でぼくは「きんたま」を突然つかまれたことがあります。その時ぼくはとっさにぶたのことをおもいだしてこわくなったことがありました。

ブタの首はとてもおもたかった

●となりの家の中学生のお兄さんはとてもえらい人で、近所のラーメン屋さんの手伝いをして家計を助けていました。

屋台をひっぱったり、材料を仕入れに行ったり、作業場の掃除をしたり、毎日まじめに働いていました。

ある日そのお兄さんに「ブタの首を買いに行くからついてこい」と言われ、ぼくらはぞろぞろ歩いてついていきました。

ブタの首を買い、畑の中の道を歩いて帰る途中で、ぼくらはブタの首を持たせてもらいました。ブタの首は想像以上に重くて、小学生のぼくらにはとてもひとりで運べるようなものではありませんでした。

このブタの首はラーメンのだしに使うんだそうです。

●ぼくはこの首が大きな鍋に浮んだり沈んだりしているところを想像してキモチ悪くなりました。

本

●棚にあった父の本を盗み見　しました。不思議な絵がたくさんありました。それらの絵をみていると、おしっこにいきたいのをがまんしているようなへんな気分になりました。

画用紙

●ぼくは今でも白い紙をみると大事にしたくなります。

●近所の四才位年のうえのお兄さんに「カラクリ板」をつくってやるから画用紙を買ってこいと言われ、ぼくは一枚一円か二円だったと思いますけど画用紙を近くの池田商店で買いました。

「カラクリ板」をつくってもらっていると、母が用事を済ませて、帰ってきました。母はその真ッ白な画用紙をみて、ぼくをひどくしかりました。そのころ紙で買ってよかったのはわらばん紙で、画用紙は学校の授業で使うときしか買ってはいけないことになっていたのでした。

「カラクリ板」は結局完成せず画用紙は全くムダになってしまいました。

のりものよい

●ロンドン屋というところで生れてはじめてみつ豆というのをたべました。ものすごくおいしかったのです。しかし、かえりのバスにひどく酔ってしまい、裏庭ですべて吐いてしまいました。地面にちらばった寒天やみつ豆を見ながら

母が「はじめてたべたのに残念やね」と言いました。ぼくは本当にもったいない気がして、ひろってたべたいと思いました。

ぼくは乗物に弱く、バスや船に乗るとかならず酔って、気持ちわるくなり、すぐ吐いてしまいます。ブランコやシーソーにだって本当に酔ってしまうのです。

●それは今でも少しも変っていません。ブランコなんか乗ることと考えただけで気持ち悪くなります。

こたつは冬のたのしみ!!

電気ごたつも・豆タンアンカもまだなく、炭を入れる焼物製のこたつ。入れてすぐはヤケドしそうなくらい熱いくせに明方は冷たくなっていた。ケトバシて火事になった家もあるくらいなので、キンチョウしてねたのです。

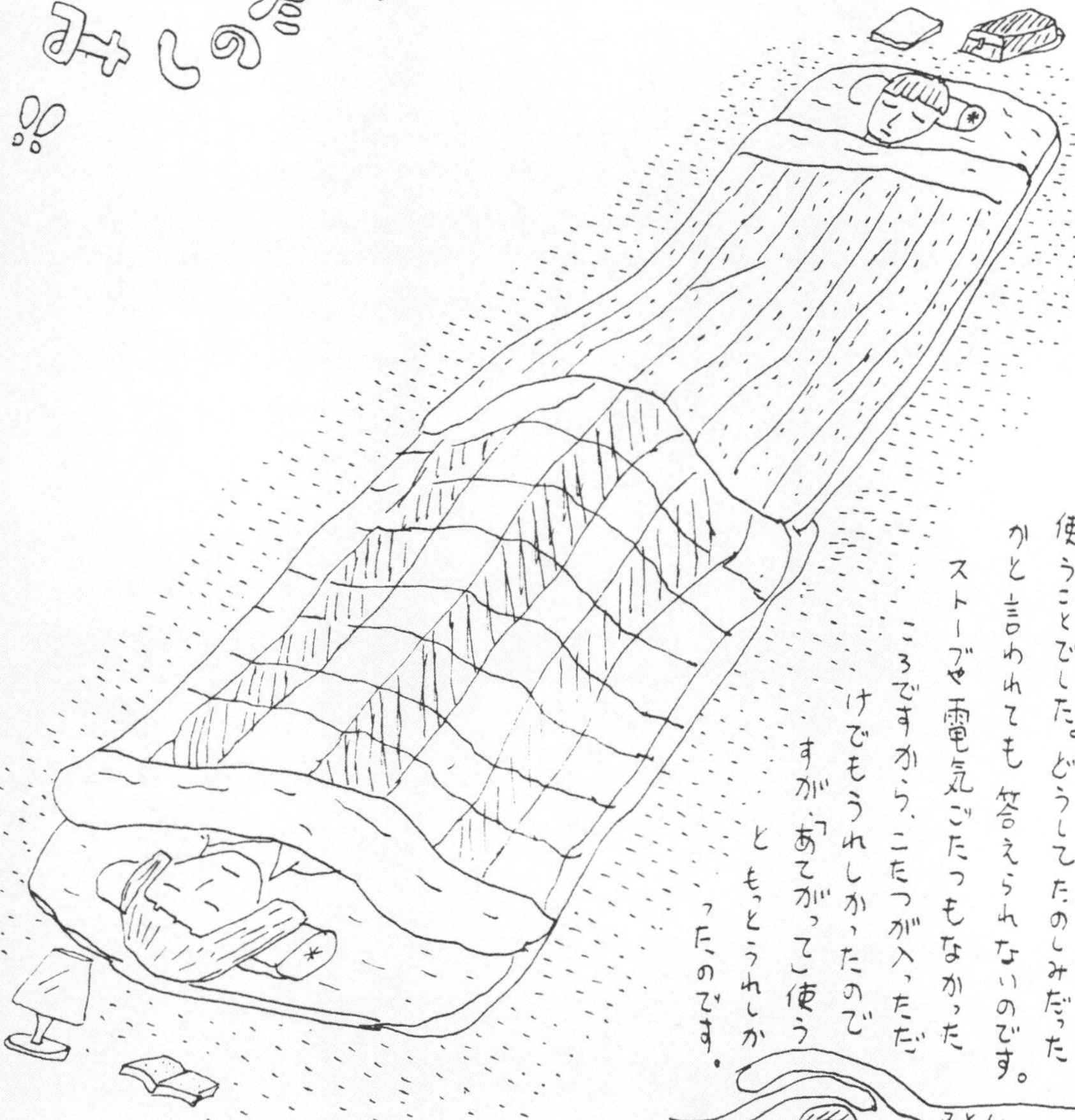

●冬のたのしみは一ツのこたつを「あてがって」使うことでした。どうしてたのしみだったかと言われても答えられないのです。ストーブや電気ごたつもなかったころですから、こたつが入っただけでもうれしかったのですが、「あてがって」使うともっとうれしかったのです。

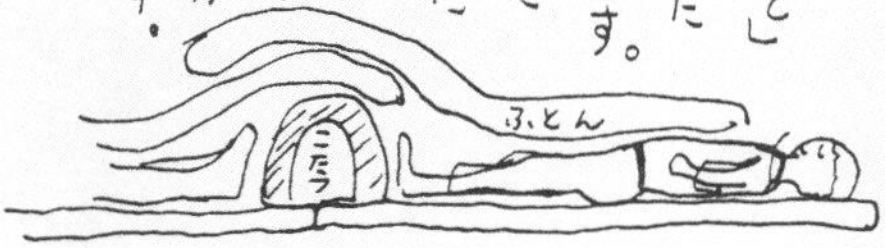

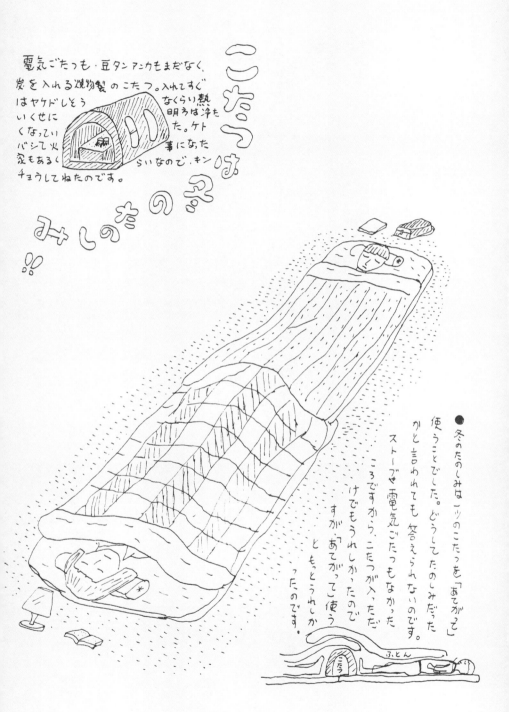

しもやけ

●冬になるとしもやけにひどくなやまされました。かゆくてかゆくて、針でつついたり、もう一方の足でふんづけたりしました。

どんなにしてもかゆいのがおさまらないので、包丁で切ってみようかと考えたほどです。包丁で切るときっとかゆみの原因となっている小さな虫たちがぞろぞろと出てくるのにちがいないと真剣に考えていました。

ぼくは本当にその虫たちが憎くて憎くてたまらなかったのです。

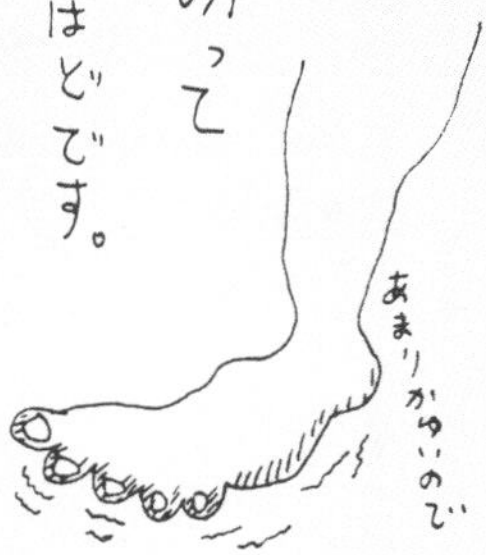
あまりかゆいので

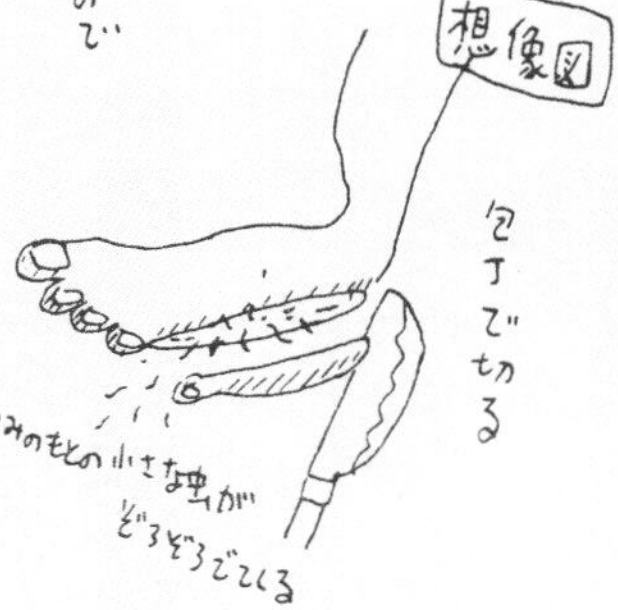
想像図
包丁で切る
かゆみのもとの小さな虫がぞろぞろでてくる

体があたたまるとかゆくなる。

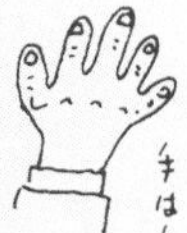
ふしぎなことに手はしもやけにならなかった。

●あまりのかゆさに、生れてはじめて一人で（それまでは父と行っていた）銭湯へ行くことにしました。お湯につかればかゆみがおさまるにちがいないと思いながら、お風呂屋へかけていきました。

明るいうちからお風呂屋へ行くということが、とてもはずかしいことのように思いましたけど。

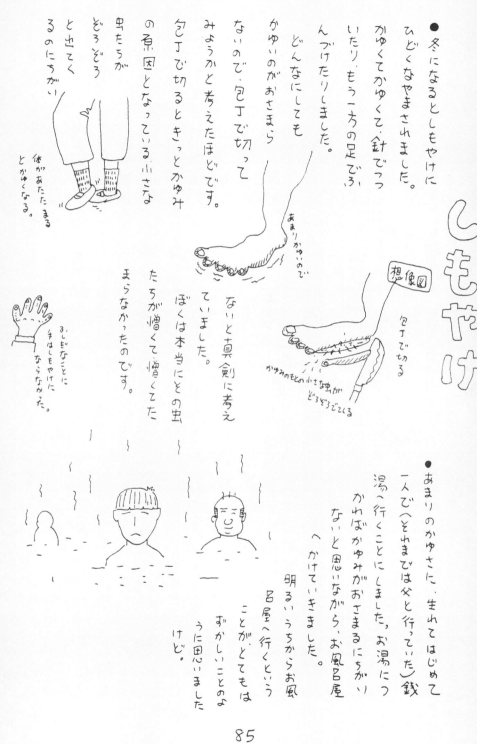

●父は消防用品の販売・修理業をしていました。消防ポンプとか、消火器とかを売っていたのですが、中でも海軍時代に身につけた技術を活しての布製水タンクの製作は自まんの一つでした。

「これをつくれるのは県下でも二、三人しかいない。下手なぬい方をすると水がもれる」と言ってえらく自まんしたものです。

それはいいのですが、せまい家の中でこれを作りはじめると、ぼくたちはねることもできず、小さくなっていました。

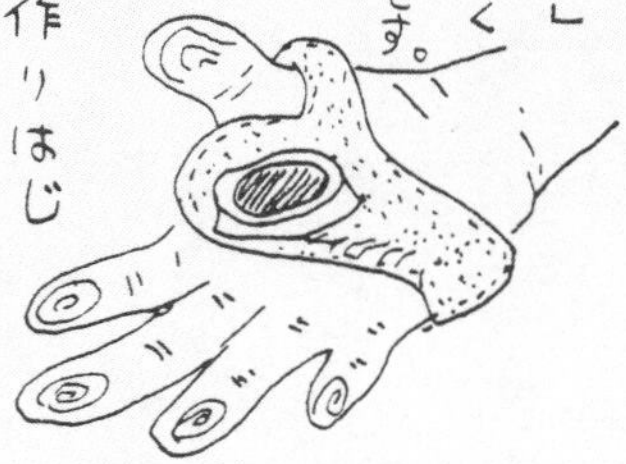

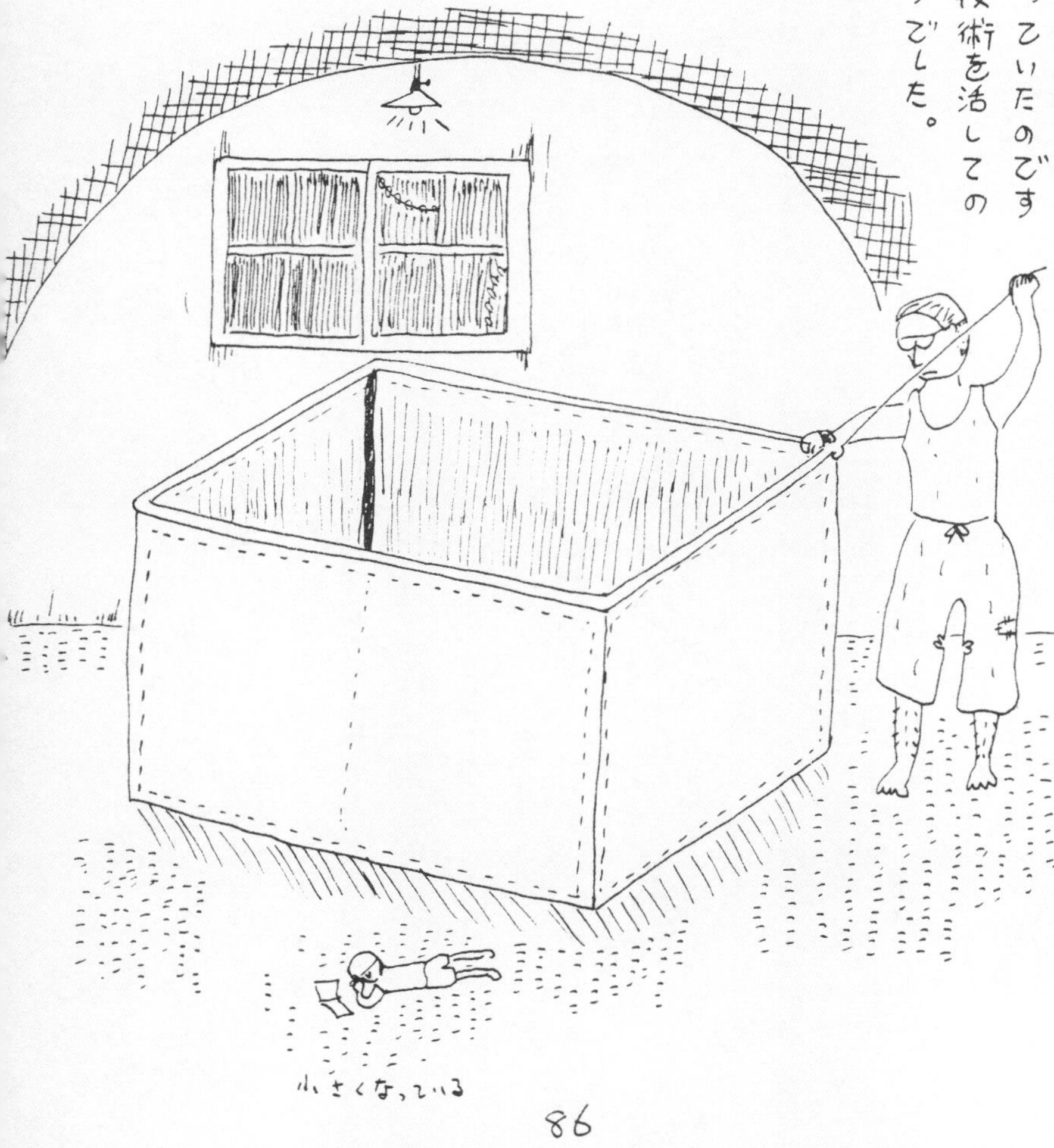

雨の日

●朝、学校へ来る途中 雨が降りだしずぶぬれになってしまいました。あとから家を出た姉が着替えを持ってきてくれて、ローカのすみで着替えさせてくれました。友だちたちが「わぁー お母さんだ。お母さんだ」とはやしました。

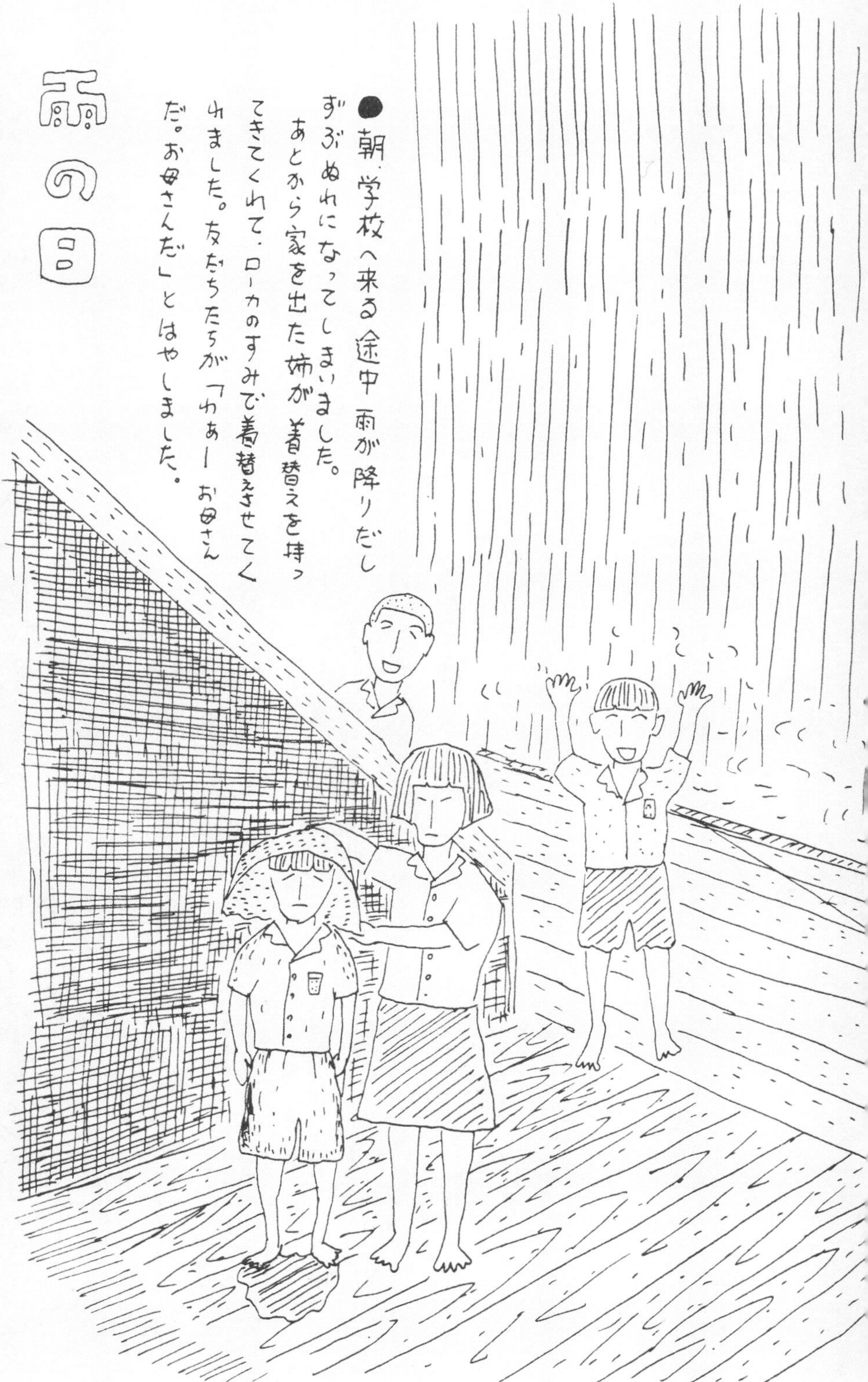

隣のおばさん

●隣の松友のおばさんはその日の米がないという生活をしていながら、ぼくの母に臨時雇いの仕事を世話してくれました。
そのうえ、母が仕事にでるとき、泣いてあとをおいかける、小さかったぼくのめんどうをみてくれたのです。

そのため松友のおばさんにはお礼をいくら言ってもいいたりないと母は言ってたのですが、長い間の音信不通のあと、すでにおばさんは亡くなっていたことが最近判りました。

それを知った母はとても残念がりました。

●余談ですが、今の家に"ジョン"という犬が時々あそびにきます。この犬は子供が大すきなので当然子供たちもジョンが大すきなのです。だから家の近所あたりではこのジョンはとても有名です。

ドル

●ドルという大きな犬がいました。飼い犬ではなかったのですが、とても人なつっこくて、人気ものでした。のんびりとした性格で吠えることもないので、子供たちにも好かれていましたが、鑑札のない犬は野犬ということで、野犬がりの人たちが針金でつくったわっかをもってうろついている時は誰れかがかくまってやらないといけなかったのです。

日頃から「犬は卵を生まんけんきらいよ」と言っていた母もこの時はとても協力的でした。

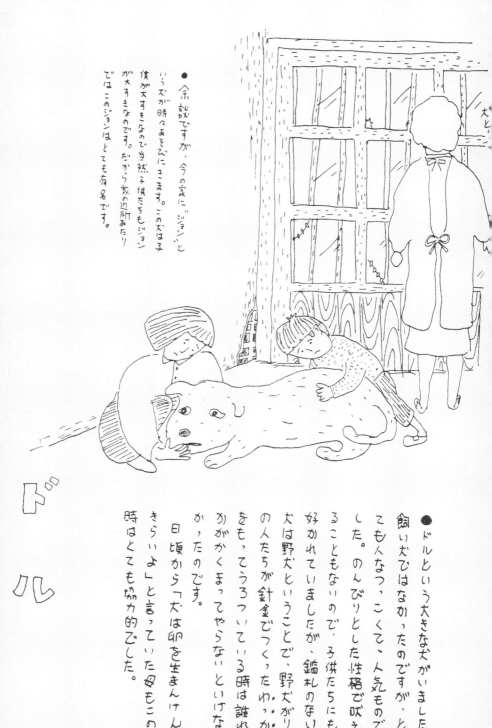

お風呂

●お風呂にはいっていると近所のおじさんに、女湯の方へせっけんをもっていって、おじさんの奥さんに渡してくれとたのまれました。ぼくはもう五年生くらいになっていたと思います。もう恥ずかしくて、腰にタオルをまいていると、父が子供のくせにと笑いました。

女湯へ行き、「○○のおばさん」と呼びました。その人はおばさんといってもまだ若く、どこもかくさないで、ぼくの方へせっけんをとりにきました。

ぼくはどきどきしました。

●吉田浜という海水浴場へは飛行場を横ぎって行きます。
ある日銀ピカの小さな小さな飛行機がとまってました。

小さな飛行機

クリスマスキャロル
●はじめて本らしい本を買ってもらいました。クリスマスプレゼントの「クリスマスキャロル」です。とても気に入って何度も読みました。あまりおもしろかったので友だちに貸してあげたのですが、返ってきませんでした。

ヘリコプター

●電通学園にヘリコプターがおりるというのでみんなでみにいきました。ヘリコプターは何度も離着陸をくりかえしました。ぼくらは目の前でヘリコプターをみたのははじめてでした。
それにしてもヘリコプターというものは燃料がたくさんいるものでおりるたびに、うすい桃色をしたガソリンを係の人が何缶もいれていました。

やがて丸山住宅で一番のお金持ちといわれていた池田商店のおじさんとおばさんがヘリコプターにのって、空の散歩に出かけました。

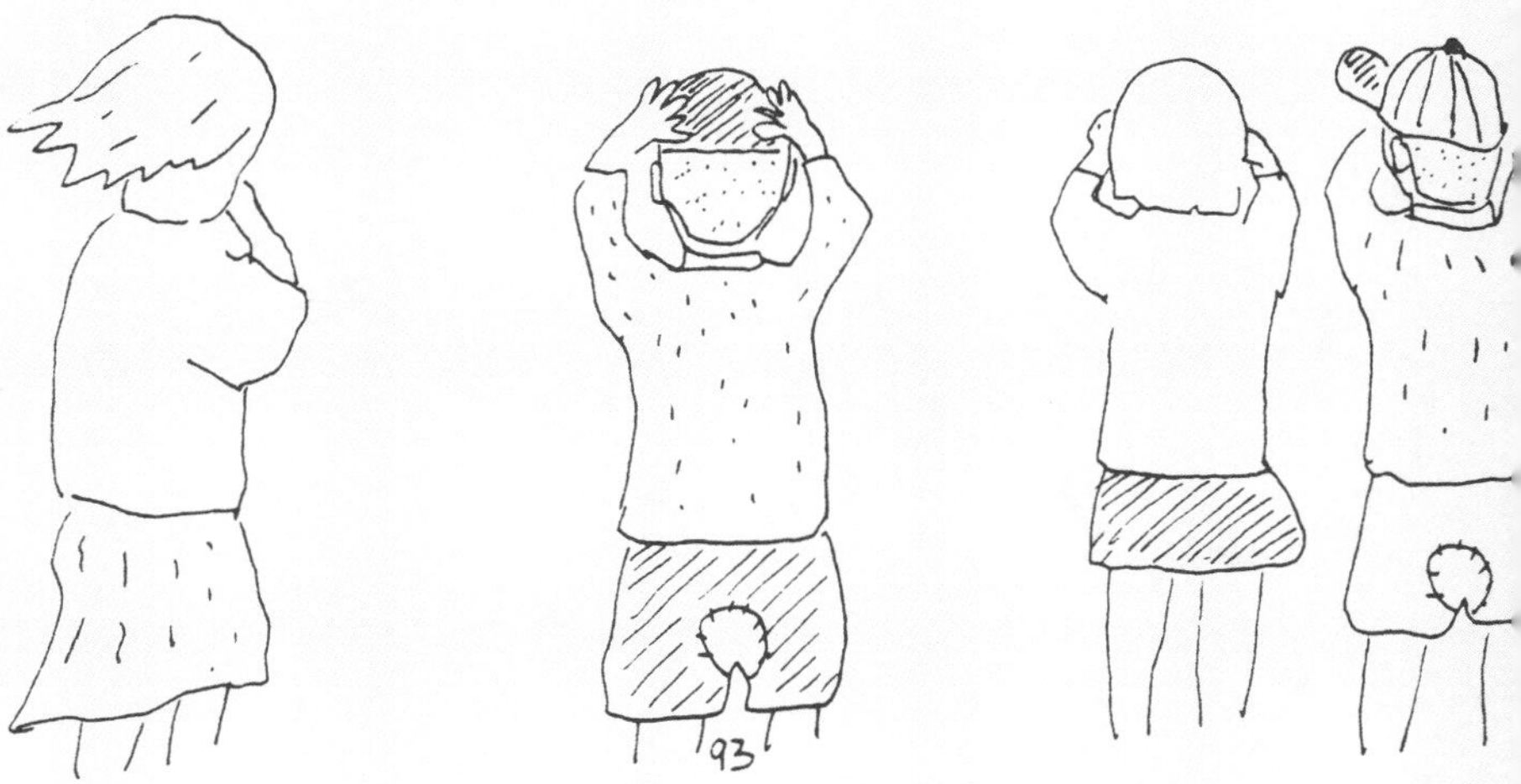

ある日の夕方ぼくとたかちゃんは本もののキスをみました。

ひるまの火事です!

●近くの電通学園というところの寮が火事になりました。こんな大火事ははじめてです。寮の中にまだ人がいるぞとかこれが夜だったら丸山住宅の男という男はみんなかり出されて、消火活動をやらされるぞとか、さんざん近所のお兄さんにおどかされたのをなぜか覚えています。

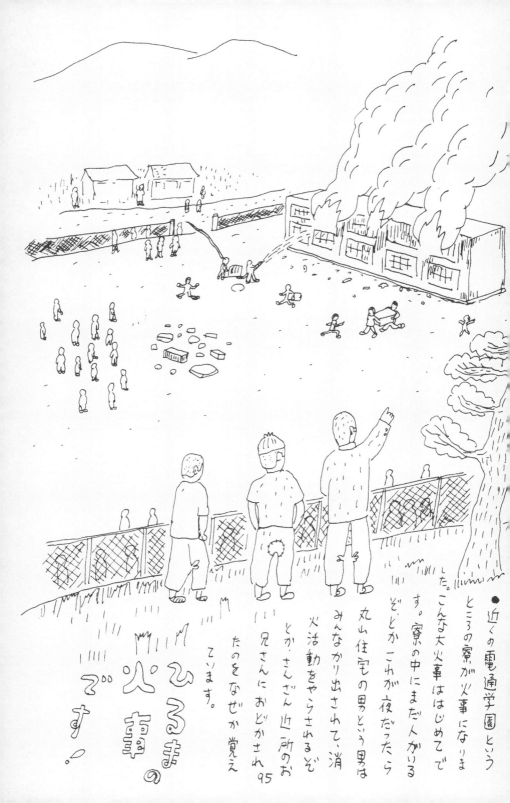

ジェット式回転洗濯機

●実演がはじまるとみんなホーッとためいきをついていましたが、だれも買おうとはいいませんでした。

●マグデブルグ半球のよう

●ある日二人の男が丸山住宅にやってきて、これからは洗濯も楽になりますと言って、ジェット回転式洗濯機の実演をしました。住宅中の人みんなが集ったのではないかと思うぐらいたくさんの人があつまりました。洗濯機は二つの半球をあわせたようなもので、その中に洗濯ものと石けん湯を入れ回転させるものでしたが、回転のものすごさにぼくはおどろきました。

ホリドール

●水のきれいな小川があって友だちと二人でその川に入って遊んでいました。川底のものをひろったりしていましたがその中に小瓶があって、その小瓶に水を入れたり、出したりしていましたがふとその小瓶をみると、ラベルにホリドールと書いてありました。ぼくらはあわてて、家へ帰り、手や足を一生けん命洗いましたがとても不安でした。もう死ぬかも知れないという気持ちさえおきました。

実際そのころ、あやまってホリドールで死ぬ農家の人がたくさんいたのです。ホリドールが撒れた田んぼには赤い小旗がたくさんたてられました。

台風はいまよりこわかった

●ある年、すごい台風がきました。その日の朝にかぎって父が出張でいませんでした。風がものすごく吹いて、玄関の戸が弓のように曲ってふくらんでしまいました。ぼくと姉はそれを必死でおさえて戸がこわれないように頑張りました。

本当にこわかったのです。

決闘

●同じ丸山住宅にすんでいるクスノキ君と決闘をやらされたことがあります。ちょっとしたことでぼくとクスノキ君がもめているのを周りがはやしたて決闘ということになったのです。クスノキ君もぼくと同じくらいヤセていて顔色の悪い子供でした。
一回目は学校の講堂のうらでやりました。結果はどういうわけか、

ぼくのパンチがクスノキ君の顔面に命中し、クスノキ君は鼻血を出してぼくの勝ちということになりました。

二回目は丸山住宅の近くの水のひあがった小川でしました。ぼくは本当はいやでだれか大人のひとが通ってとめてくれないかなァと思っていましたがだれもその日は通りませんでした。ぼくはもううんざりしてたのでクスノキ君のパンチがきたとき、泣き出しました。

ということでぼくのまけ。

一対一の引わけなのでもう決闘はしなくてよくなりました。ぼくは本当にホッとしました。クスノキ君も同じだったと思います。

そのあと二人はもともと仲が悪かったわけではありませんから二度とケンカをすることはありませんでした。

派出所襲撃計画

●ぼくは一つの計画を持っていました。ボール紙で鉄人28号をつくり、それをぼくが身につけ夜、味生派出所を襲うというものでした。別に襲うといっても、おまわりさんをなぐりたおして、ピストルをうばおうといったものではなく、派出所の前に現われておどしてやろうと思ったのです。おどすだけなら別に近所のおじさんでもよかったのですが、この計画には実はヒントがあったのです。人気マンガ「鉄人28号」がついにテレビ化されたのですが、アニメーションでなくドラマでした。そのため鉄人も中に人間が入った馬ふん紙製といったカンジのためか、三回ほど上映されただけで番組中止となってしまいました。その三回ほどしかなかった「鉄人28号」のストーリーが悪人にあやつられた鉄人が警官や金田正太郎クンらを襲うといったものでしたから、ぼくは派出所襲撃をおもいついたのです。

友だちに話すとえらいのり気になったので、たしか、右足のひざから下ぐらいまでつくったと思います。材料がそこでなくなって、この計画は中止されました。

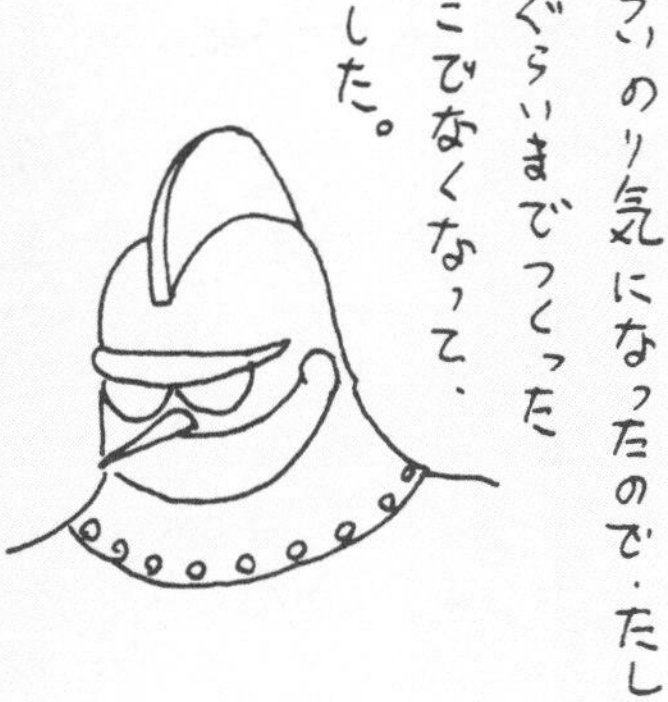

西山商店

●お菓子・貸本・おでん・かき氷・くじつき
納豆・コマ・凧・百連発ピストル……
西山商店はぼくらになくてはならないところ
だったのです。

たべもの

●バナナをはじめてたべたのは四年生のときでした。皮のむいたバナナをみて、トーモロコシの芯に似ているなと思ったことを覚えてます。パイナップルをはじめてたべたのは五年生の時でした。むろん缶詰です。あまりのおいしさに、姉と二人ではしゃぎ回って父にしかられました。

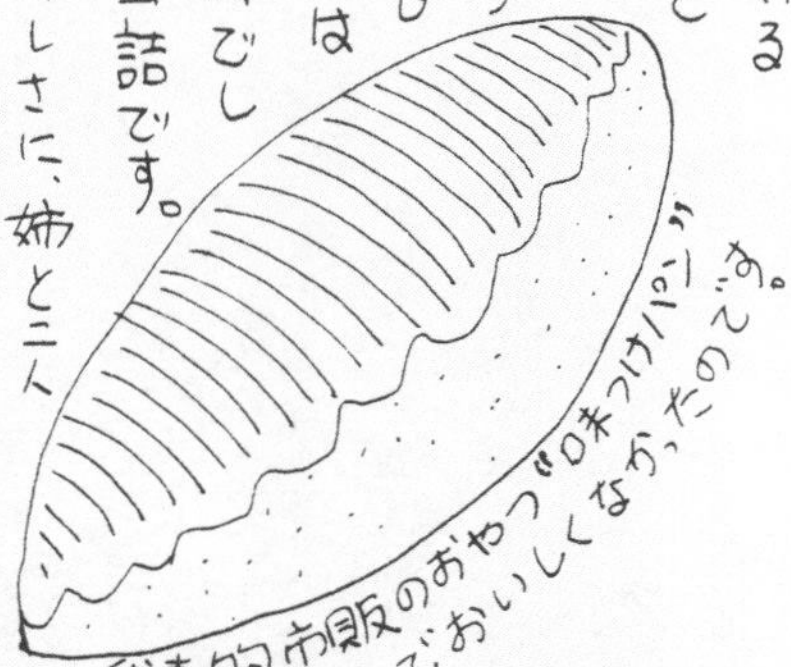

代表的市販のおやつ"味つけパン"大きなだけでおいしくなかったのです。

小さい時のおやつといえば母がつくってくれる太鼓焼とかおはぎなどがたのしみでしたが普段は店で売っている「あじつけパン」でした。この味つけパンは大きくて安いのですが、あまりおいしくなく、好きではありませんでした。

お腹をすかせて家へ帰っても誰れもいない時はまず食器棚へ頭をつっこんでたべものをさがすのが習慣となっていました。何か母が用意してくれている時はいいのですが、何もない時は砂糖があれば、それをなめたりしました。一度おなかがすいてたまらなく、しかも食器棚には何もなかった時、味の素をなめたことがあります。母からお料理に使うととてもおいしくなると聞いてたからです。でもなめてみると吐きそうなくらいすごい味でした。

この味の素を空腹のあまり、食べたという人は結構おおいのです。

●丸山墓地で遊んでいて、おなかがすいてしかたなくなった時、お墓にそなえてあるお菓子に手がのびかけたことがあります。(実際にたべた子もいました。皆、お菓子にうえていたのです)でも結局食べませんでした。それは仏様のものだからバチがあたるからというよりも、外においてあったから汚いかもしれないという気持ちが働いたからです。

●カギッ子だったぼくは給食のない土曜日のお昼は母がつくってくれていたものをたべるようにしていました。ところがある日、家へ帰っても食事が用意してありません。

ふとおひつをみるとごはんだけはあります。ぼくは塩をたっぷりつけて、大きなおにぎりをつくって何個も食べました。

気がつくと、おひつのごはんはなくなっていました。夕食のためのごはんだったら、母にしかられるだろうなァと思っていましたが、帰ってきた母は昼食つくってなかったことをわび、ごはんがなくなってしまったことをしかりませんでした。

●しかられたのは、はじめてステーキというものを家でつくったときです。なにをたまげたのか母は何かの本をみてステーキをつくったのです。

「これがステーキよ」といって母は焼いたうすっぺらい肉を出してくれました。六年生の頃だったと思います。ぼくはそれまで肉というのはカレーかすき焼の中に入っているもので、今のように焼肉とかステーキとか肉そのものをおかずにするとは思ってませんでしたから喜んでそのステーキにかじりつきました。

でもその肉はかたく、なかなかかみきれなかったので「ゴムみたい」とぼくは思わず言いました。

母は怒って、「もうそんなこというんやったら二度とつくらへん」と言いました。

事実、それ以来ステーキは食卓に出ることはありませんでした。

三角ジュース

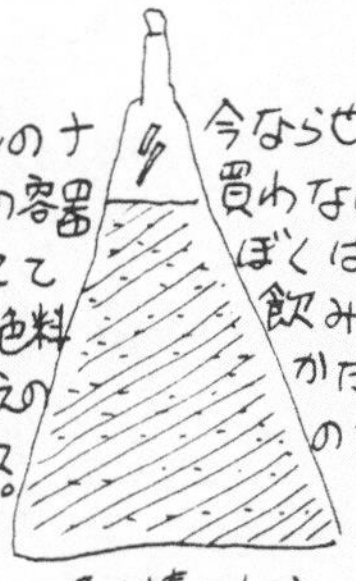

●三角形のナイロンの容器に入ってて合成着色料みえみえのジュース。
今ならぜったいに買わないけれどぼくはこれが飲みたくてしかたなかったのです。
●色が毒々しい原色

●あの頃は怪しげなお菓子がたくさんありました。壁土のような色をしたチョコレート（チョコレートの味はしなかった）、舌の真っ赤になるニッケ紙（これはすさまじい。紙に濃いニッケ水のようなものがぬってあってこれをぐちゃぐちゃかんで、紙をペッと吐きだすと、口の中は真っ赤になり吐き出された紙は真っ白になった）などがありました。

●ぼくの母はこういったものを極度に嫌いましたが、ぼくはみんながのんでいるナイロン容器の三角ジュースがのみたくてたまらなくなりました。あまりぼくが欲しがるのでとうとう母が買っていいと言いました。ぼくは喜んで西山商店へ買いにいきました。五円でした。と・・・ところが帰り道で転び

ナイロン容器がさけてしまい中のジュースのほとんどを地面が飲んでしまいました。とても残念でした。

それでもぼくは少し残ったジュースを大事にもちかえり、容器を洗い底のほうにのこったジュースをのみました。父と母が少しはのめたかと言って笑いました。それからこのジュースは一度も買いませんでした。

少しはのめたか？

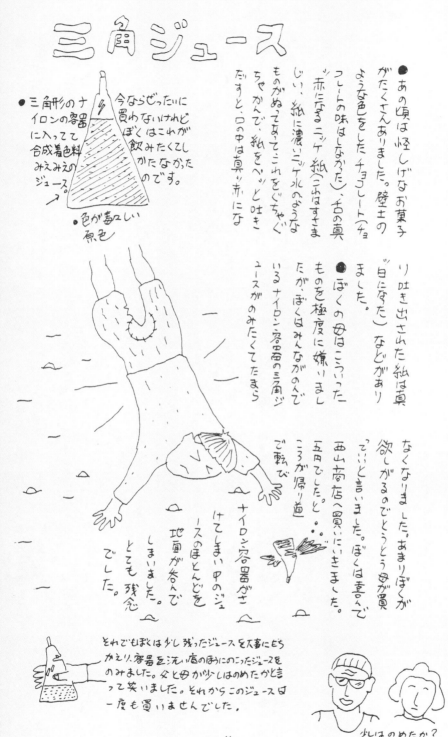

南京豆

●ある朝幼稚園へ行くと前の晩に大人たちのなんかの会があったらしく、えらく散らかっていました。そこにみなれない豆がおちていたので、ぼくはひろってたべました。その豆はとてもおいしかったのでぼくはたいへんびっくりしてしまいました。

家へ帰ってその豆のことを説明してはじめてその豆が南京豆であることを知りました。

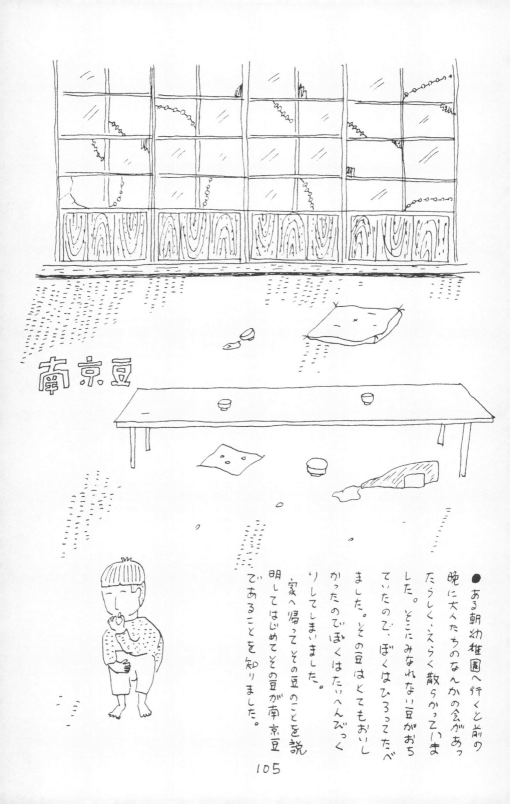

給食

●勉強も運動も出来なかったけどひとつだけ出来たことがありました。給食を残さず全部たべれたことでした。特に人参を残さなかったのです。その頃の給食の人参は丸太のようでしたので残す子がとても多かったのです。ぼくと山本君という頭のでかい子は人参が好きなのだと公言し、わざと人参だけよってたべたりしました。(普通はパンなんかといっしょにのみこむようにしてたべる子が多かったのです)

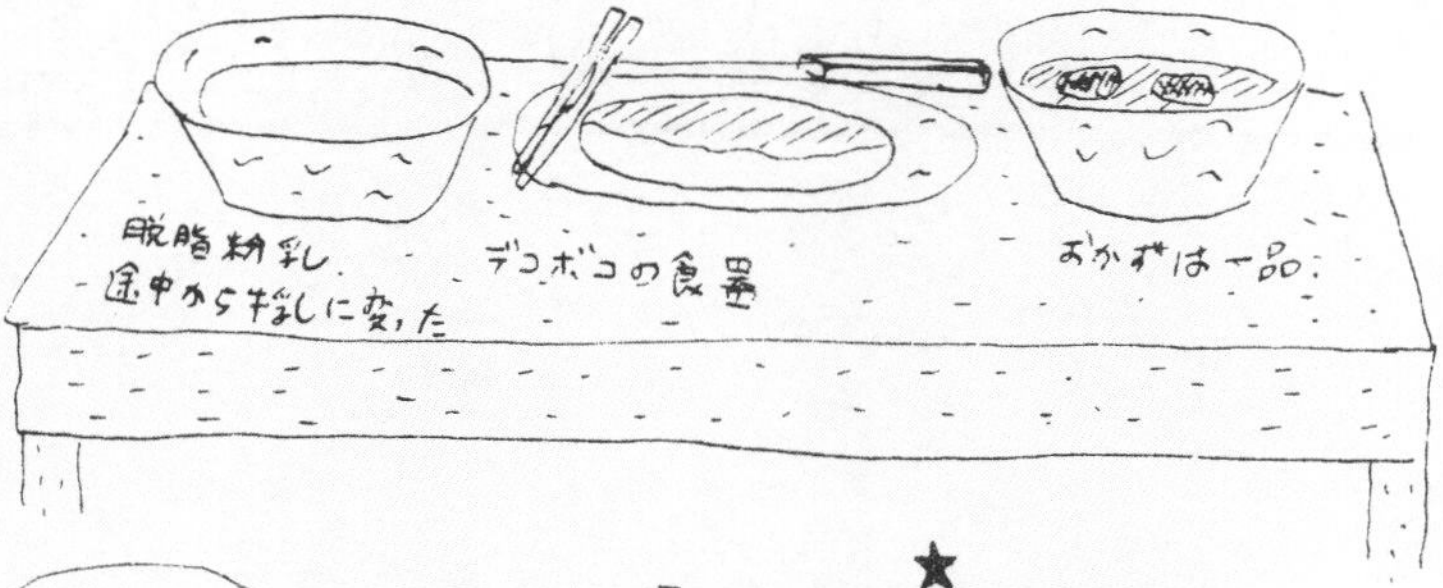
脱脂粉乳
途中から牛乳に変った
デコボコの食器
おかずは一品。

★でも給食の人参を残さずたべるぐらいなことではだれもほめてはくれませんでした。

こけし売り

●ある日子ども連れの貧しそうな女の人がきました。苦労話をいっぱいしたあと 木の箱を開けました。箱の中には小さくて粗末なこけしがいっぱい入ってました。

その女の人は買ってほしいと泣きだしそうな顔をして母に言いました。

検便

●昔はおなかに虫を飼ってた子がたくさんいたように思います。今とちがって不潔(?)にしていたからかも知れません。そのため検便がよくおこなわれました。はじめのころはマッチ箱に便をつめてもっていきました。新聞紙(新聞紙はトイレットペーパーがわりだったのでいつも一定の大きさに切って便所においてありました)のうえに便をおとし、マッチの軸二本を使って、マッチの小箱につめました。このままだと中身がでやすいので紙でつつみ、小包のようにひもでたてよこをしばり、そのうえから又古新聞で包装しました。このままランドセルに入れると、下手すればふで箱や本の下じきになってしゃげるおそれがあり、母はしつこいくらい気をつけるようにと言ったものです。

●容器もその後小さなまるいプラスチックのものとなって、パチンとふたができマッチ箱のようにしゃげる心配はなくなりました。そして便の量も少なくてすむようになりました。

●パチンとしまるプラスチックの容器

●一度学校で赤痢が大流行した時がありました。この時の検便の容器は保健所の用意した試験管でしたからなんとなくそれらしいカンジがしました。試験管は透明なのでぼくは紙で二重に包装して先生に渡したのですがだれかが、そのままで先生に渡したため先生はむっとして、きたないなァ常識がないなァとひどくぼやきました。

●赤痢の時の試験管検便容器

小刀

●一年生の時風邪をひいて学校を休みました。母に何か欲しいものはと言われぼくは小刀が欲しいと言いました。さっそく母は池田商店へ行って買ってきてくれました。

小刀というのはいわゆる肥後え守のことで当時の子供はだれでも持っていました。ぼくもこのときはじめて手にすることができたのです。この小刀は当時の子供の必需品でいつもポケットにこれを入れていました。そしていろんなことに使いました。

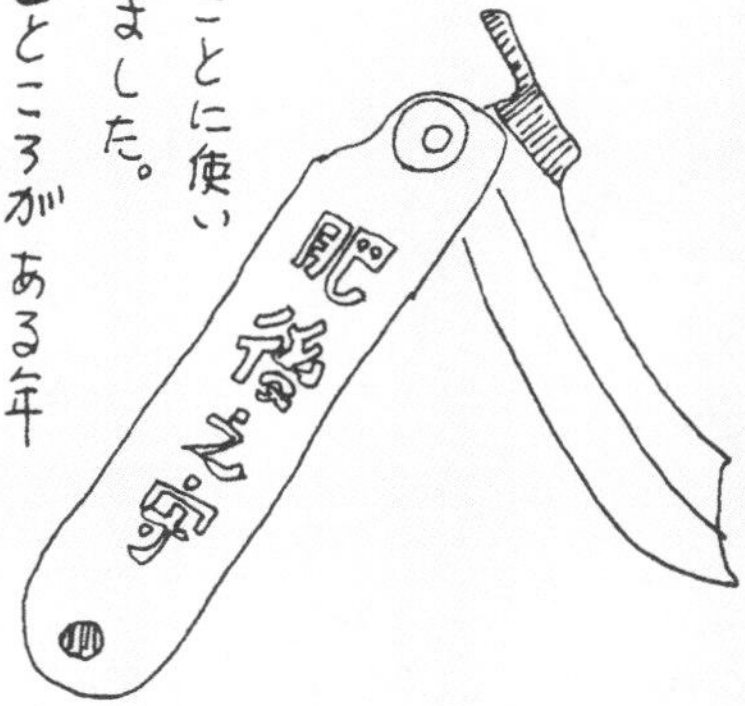

●ところがある年から小刀を持ちあるかないようにと学校で言われ、子供たちからとりあげられてしまったのです。エンピツならエンピツけずりでけずることができますけど、自分の欲しいものをつくることはできません。小刀は本当に子供らの友だちだったのです。

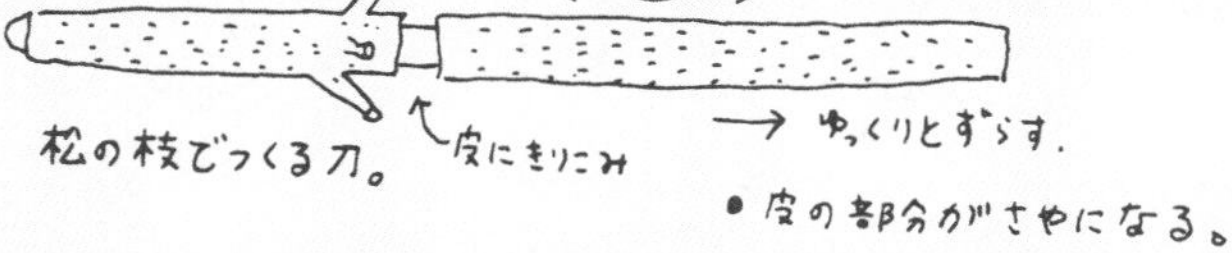
まわりをかるく叩く
松の枝でつくる刀。
皮にきりこみ
ゆっくりとずらす。
•皮の部分がさやになる。

ケガ

●運動神経が鈍いためか、落つきがないためか、ぼくはよくケガをしました。

やっと這いはじめたころ、母の実家で地下の蚕部屋へ座敷からおちたことがありました。でもその時はたまたまおばあちゃんがいて、何か上からおちてきたので受けとってみると赤ん坊だったとあとで言ってたくらい本当にタイミングよく助かったのです。もしあの時おばあちゃんがいなかったら、ぼくは石の階段で頭を打っていたと思います。

●一年生の時、イトコと白滝(母の実家の村)の滝を見にいきました。坂道を登っていると、道のはしっこに杭がでていたので、ぼくはなにげなくふんづけると、杭はぼきっと折れて、そのままぼくは落ちてしまいました。下には枯枝がいっぱいつみあげてあって、そこへぼくは顔から着地したのです。ほっぺたに手をあてると手のひらが血で真ッ赤になりました。驚いたおばあちゃんとおじいちゃんは村のお医者さんのところへぼくを連れていきましたが、あいにく留守で、しかたなく薬局でペニシリン軟こうを買ってこめかみあたりのキズに塗ってくれました。その時はそれでおさまったのですが、松山へ帰って何日もたってから、キズがいたむので病院へ行くと、白骨化した枯枝のカケラがキズ口からニョキッとでてきました。これには家中でおどろきました。

●四年生の時、五月の三連休があったのですが、家の人はみんな留守で、友だちもみんなどこかへ行ってしまって、ぼくは一人でふらふらしていました。公民館の近くで鉛筆のアルミキャップがおちていたので、なにげなく拾ってかえりました。アルミキャップはおしりのところがつぶしてあり、少しひろげてみると紙火薬がつめてありました。もう少しひろげて中身を出そうとすると、いきなり爆発しました。その爆発はものすごくて、近所の人は大きな火の玉が出たとあとでぼくに言ってくれたほどです。ぼくは両手が真ッ赤になってひどい痛みを感じました。近所のおじいさんがタバコで血を止めてくれました。そして母の職場まで連れていってくれました。

ボキ

5月3日4日5日

父は夜帰ってきてひどくぼくを叱りました。でも三連休にだれか家にいてくれたらこんなことは起きなかったのにとぼくは思いました。

その頃日本のあっちこっちで、戦時中の不発弾をいじっていた子供たちの事故があって、たくさんの子供がケガをしたり死んだりしたことがあったのです。

◎子ども用の自転車に乗りあきたぼくはよその大人用自転車を借りてこっそり乗りました。足が届かないのでフレームの中に足を入れてサドルに座らない乗り方をしました。

病院のレントゲンではじめてみた自分の骨

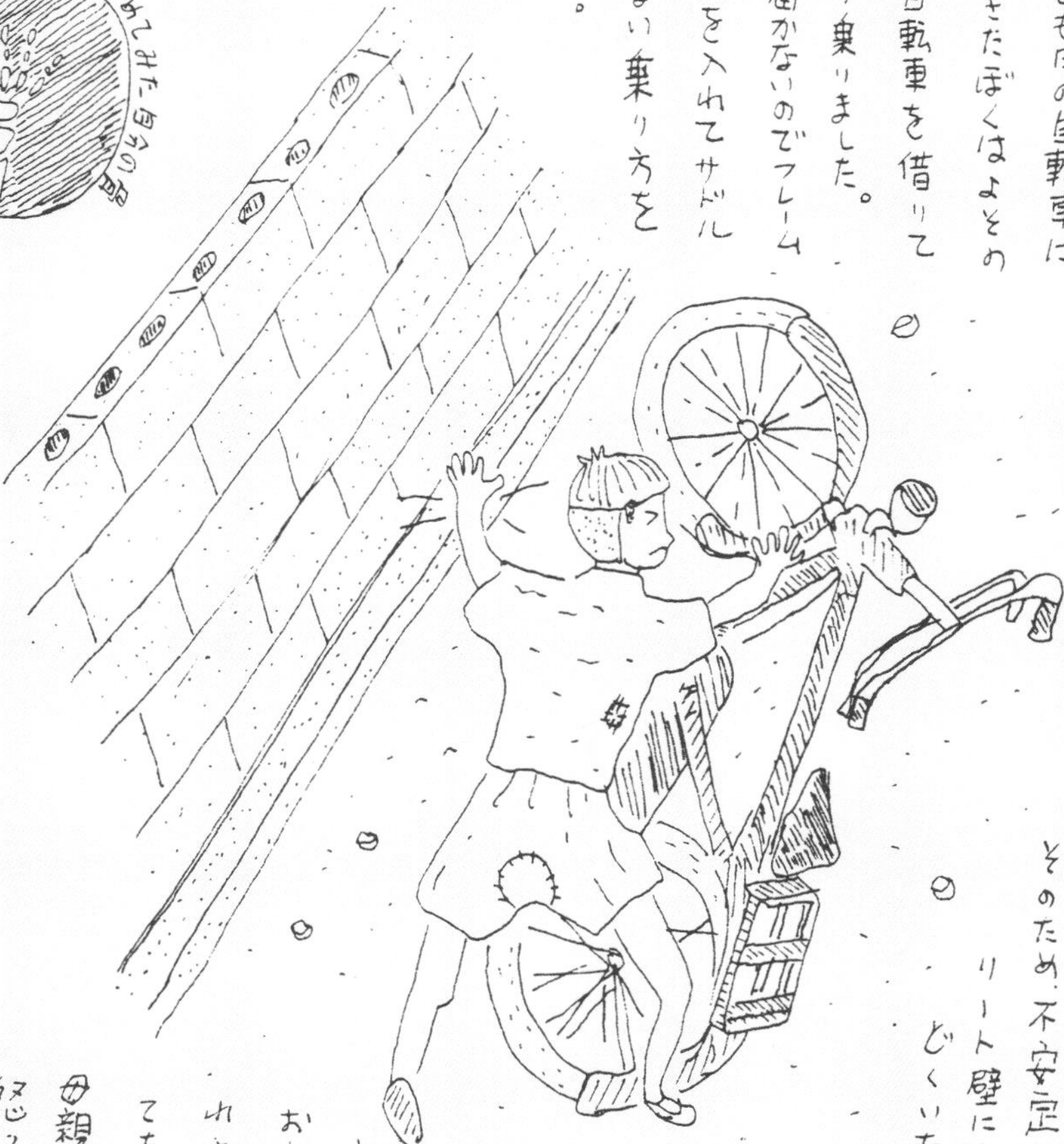

そのため、不安定になり、転んで、コンクリート壁に手を打ちつけました。ひどくいたくて、近所の柔道の先生にみてもらい、しっぷをすればいいと言われ、1日しっぷをしました。

けれど、少しもいたみがおさまらないので、もう一度柔道の先生に診てもらうと、骨がおれてるかも知れんと言われ病院でレントゲンをとってもらうと本当におれてました。

母親が柔道の先生のことをひどく怒っていました。

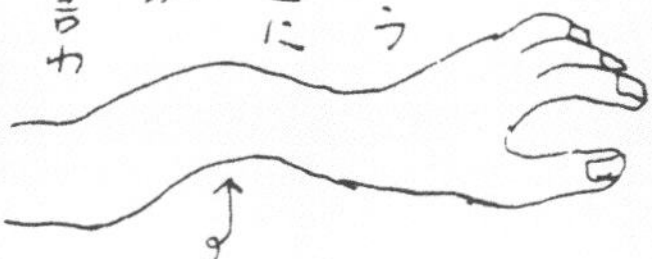

●ここんとこが本当にこんなに曲ってしまいました。おどろいて、もう一本の手でたたくと少しもどりましたが、ものすごく痛くて手を動かすことができませんでした。

●自転車で転んで、骨にひびの入ったぼくは、その夏遊べませんでした。遊べないかわりに苦手な体育もしなくてよかったのでたすかりました。

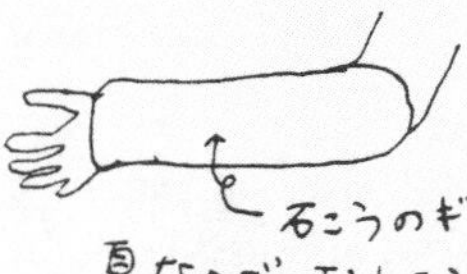

夏なので、むれて汗をかき
とてもかゆいのです。

マンボズボンのひと

●吉田浜へおよぎに行った時、マンボズボンをはいている人に会いました。その人はスボンのすそをわざときってびりびりにし、マジックインキであっちこっち落書きをしていました。
ぼくはその人をすごく勇気のある人だなァと思いました。でも顔は見ませんでした。

●でもこのヒト今元気でいるとしたら50才近くなってるんですねえ。

蛍光灯

●わが家にも蛍光灯がつけられました。天井のきたなさがよく目につくようになりました。

治療院

●ある日、母はぼくを民間の治療院へ連れていきました。おねしょがなかなか治らなかったからです。ベニヤ板で仕切られた部屋に大きな毛布が敷かれ、暗い表情の小学生が数人下半身をつっこんでいました。なかに一人だけ騒いでいる子がいました。ふとみると丸山住宅に住んでいるぼくより一つうえの子でした。ぼくにあって照れくさかったのか、なんだかんだ言ったあと「まァ仲よくしようねや」といいました。

あだな

●なぜか小学一年生の時「ストリップの団長」というものすごいあだなをつけられました。ストリップのポスターがどっかに貼ってあって、それとぼくをどうやってむすびつけられたのか覚えてないのですが、いつのまにか「ストリップの団長」とつけられていました。みんなににくにくしくそう呼ばればくはとてもくやしくて悲しい思いをしました。みんなに遠くの方から呼ばれているところを目撃したぼくの父はその子らを「もっと子供らしいあだ名をつけんか！」とどなりながら、棒きれをもって追いかけたことがありました。

「ストリップの団長」はいつのまにか略され、「スト団」とか、ぼくの名前といっしょになって「スト山《ザン》」と呼ばれるようになりました。これではわけがわからないので、もとのあだ名よりは少しはましなような気がしました。

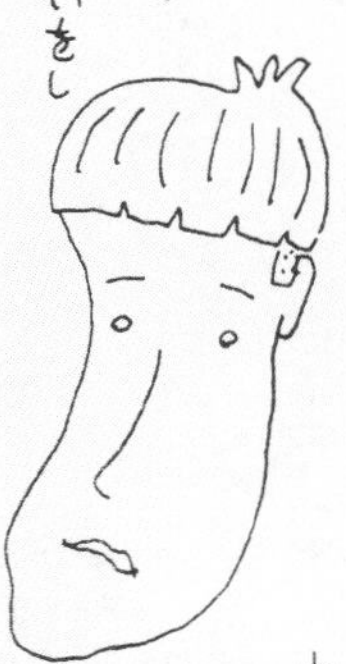

●五年生の頃ともだちのたかちゃんがぼくに「いもさん」とあだなをつけてくれました。どうして「いもさん」なのかという顔のかたちがさつまいもに似ていたからです。「いもさん」は「スト団」よりは数段ましなあだななので、いやではありませんでしたし、父もみんながそうよんでいても棒きれを持って追いかけはしませんでした。

しかし、中学の時、ある先生が「いも」というのはとろくさいという意味があるから、それで神山はそう呼ばれているのかもしれんなと授業中みんなの前でいいました。この時はさすがのぼくもくやしい思いをしました。そのことを知ったたかちゃんは今度は「うまさん」というあだ名をつけてくれました。顔が長かったからです。これは「いもさん」より数倍カッコよかったので、ぼくは大変気にいってしまいました。

● ある日、西山商店のおばさんは売りもののおもちゃのサングラスをかけて居眠りしてました。

風の強い日
さく・え・こうやま やすあき
風の強い日
ぼくは母に
連れられ
お菓子の景品を
受けとり
に行った。
グリコ
商店
1
母はぼくのおたのしみ
カードを店の女主人にみせて
シールがそろったから、
景品の顕微鏡を
くれるよう
言った。
ぼくは店の中へは入らなかった。
おたのしみ
カード
ほら
2
でも店の女主人は
「そんなことは聞いて
ない。
知らない」
と言った
そうだ。
3
こんな顔していたのかも知れない。
4
ほらネ
しばらくして女主人は店の奥から
顕微鏡をもってきた。ブリキ製の
なものだった。店の奥から子供の
声がして、女主人は不機嫌そう
まえのじゃないんだよ」とどなった。

●ある日の夕方となりの家をのぞきこんだら、夕食はナベいっぱいの大根おろしだけだった。一家6人がものもいわないでたべていた。あの頃はみんな貧しかったんです。

接骨院
風の強い日だった。
天気のいい日だった。
おわり

●霜ふりの学生服
白布カバーの帽子
の 中学生

●炭を入れて使うアイロン

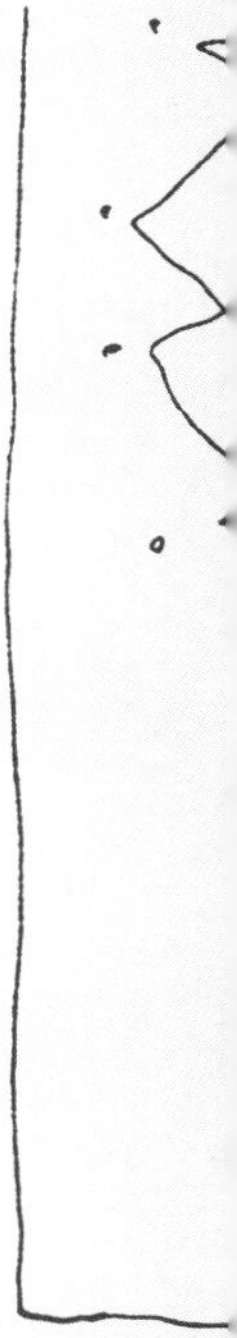

●チューブに入ったチョコレート
昔あったんですよ。

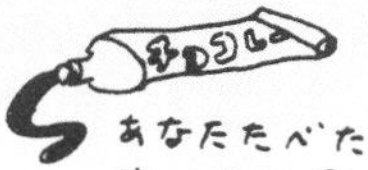

あなたたべたこと
ありますか？

●サトウキビの切り売り。

●自家製カイロ

たき火であたためた
小石をハンカチに
くるんでポケットに
入れて学校へ行き
ました。

かえり道で。。。

●学校から帰る途中
どうしてもがまん
できなくなりました。
そしてとうとう
田んぼの中へ入って
うんこをしてしまいました。
うんこをしたあと
空をみると
白い雲がうかんでいました。

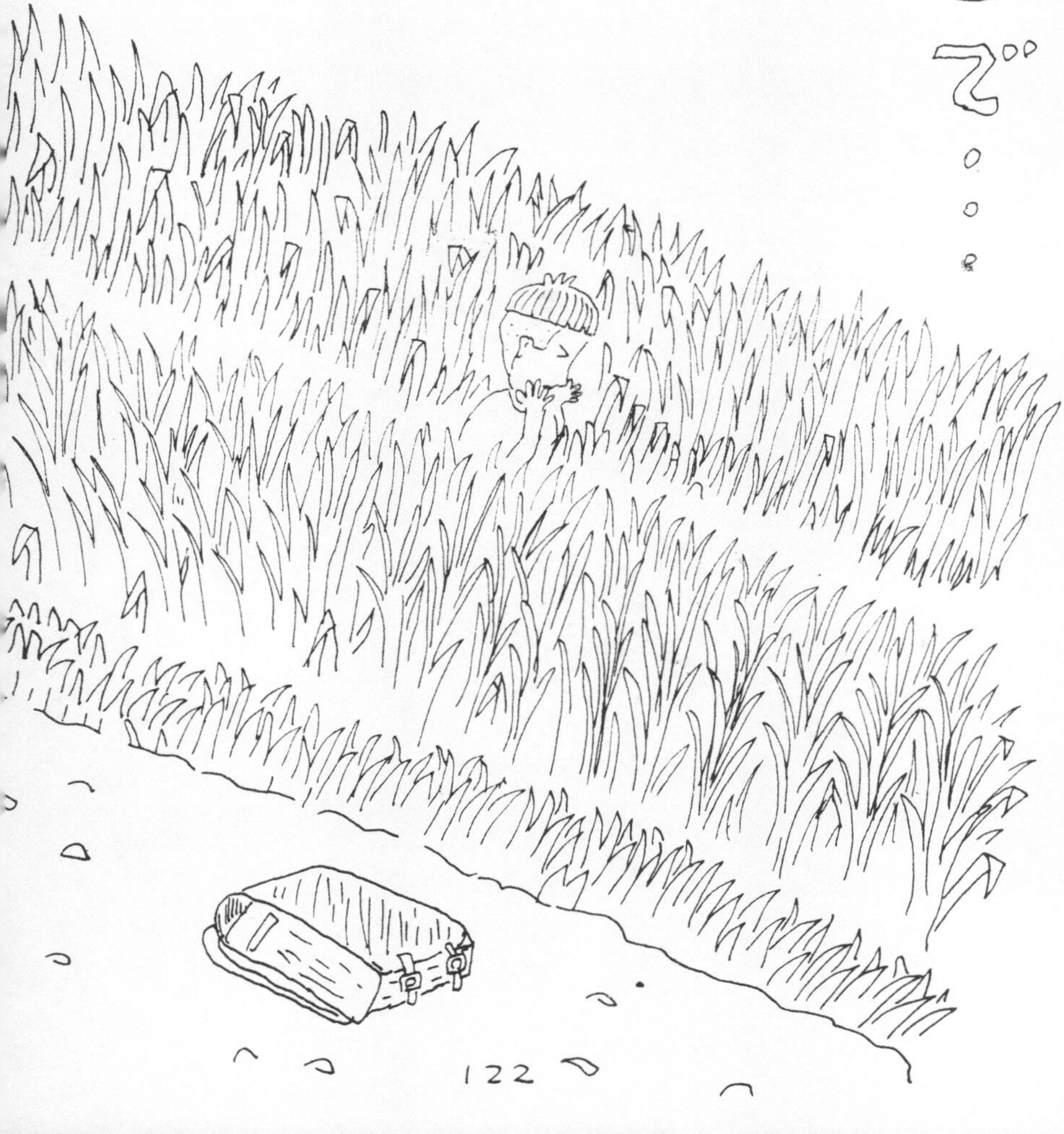

白滝

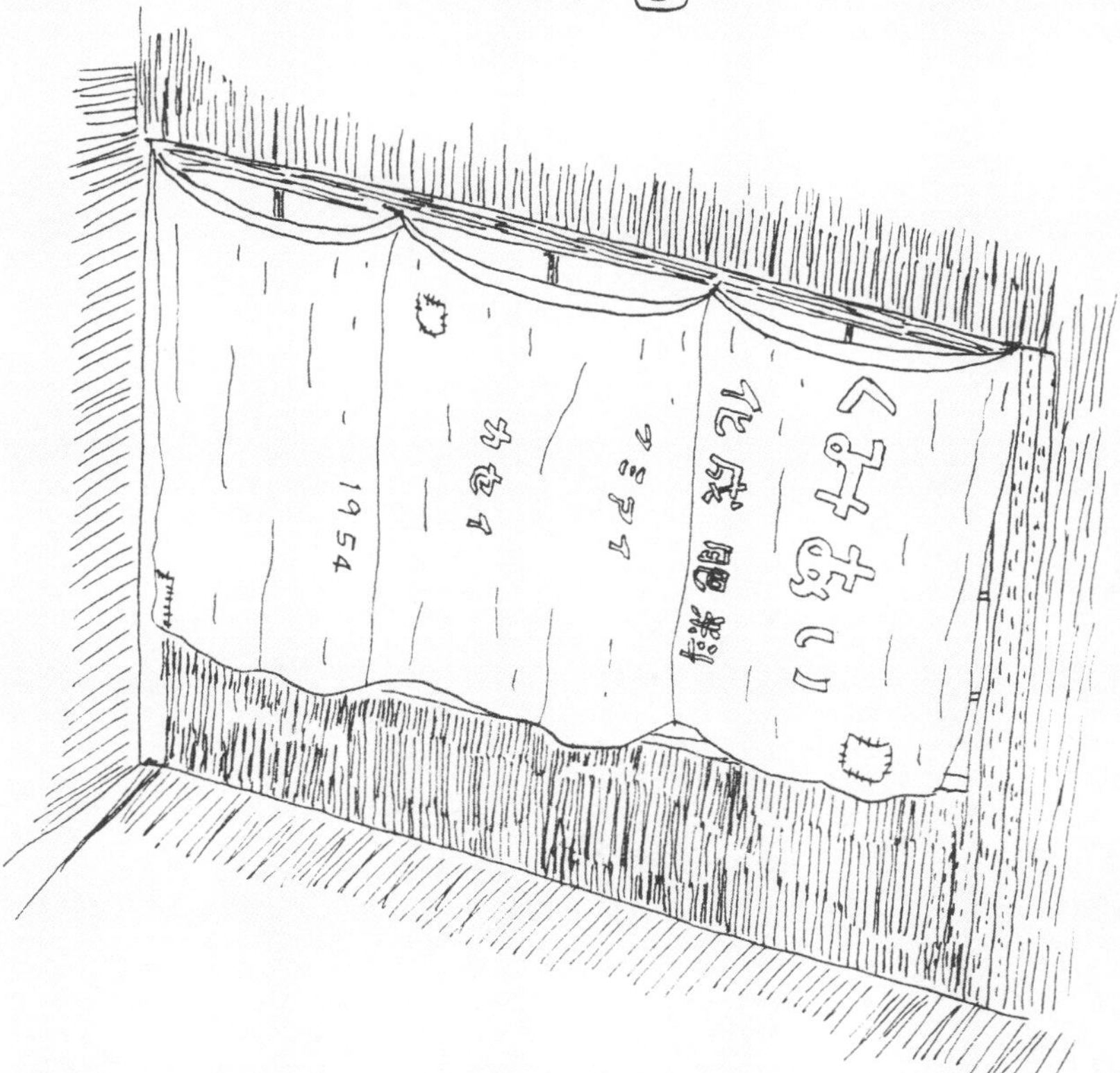

白滝は母の実家のある町で、松山から汽車で一時間半ぐらいのところです。ぼくはこの町で生れました。(生れた時は村だった)夏休みや冬休みのほとんどをぼくはここですごしました。

へび〜です

●かもいのうえのくらがりにへびがいました。いとこたちが大騒ぎしてもへびはのんびりとねたふりをして、いっこうに逃げようとしませんでした。(白滝にて)

●丸山住宅でもへびはよくでました。台所にあらわれたり、玄関前にあったぶどうの木からぽたりとおちたり、とにかくドキッとさせられました。うらのとなりの家では布団の中からへびがでてきたそうです。昔はへびも人間が好きだったのでしょうか。

●白滝のおじさんの家で、一人でマンガを描いていました。家の中にはだれもいませんでした。夢中になって描いていると、外も家の中もうす暗くなっていました。ぼくはその時怪奇マンガを描いていたのでとてもこわくなりました。

ぼくは自分という人間の底力（才能）がおそろしくなりました。フッフッフッ

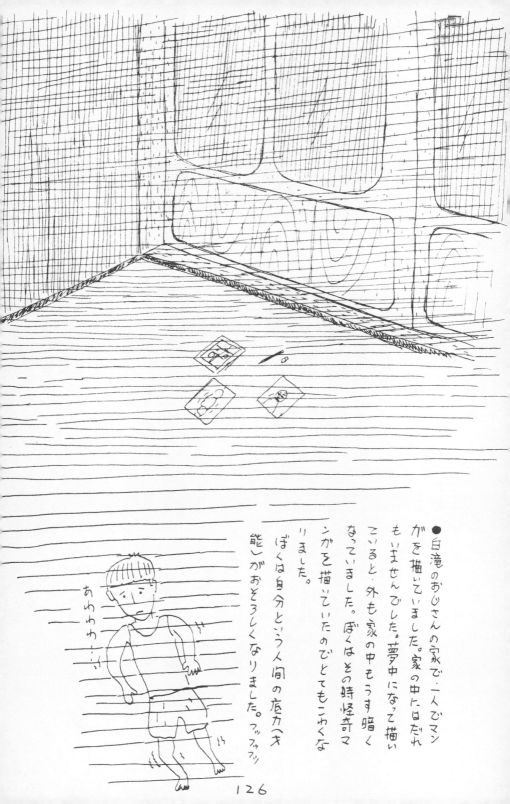

つくりもの

●白滝ではうら盆に「つくりもの」といって、商店や個人の家でもいろんなものを作って店先や玄関先に展示します。

ぼくはこれを見て回るのがとてもたのしみでした。でも夏休みはこのつくりものがある日が最終日だったので、次の日学校へ行けなかったことがありました。

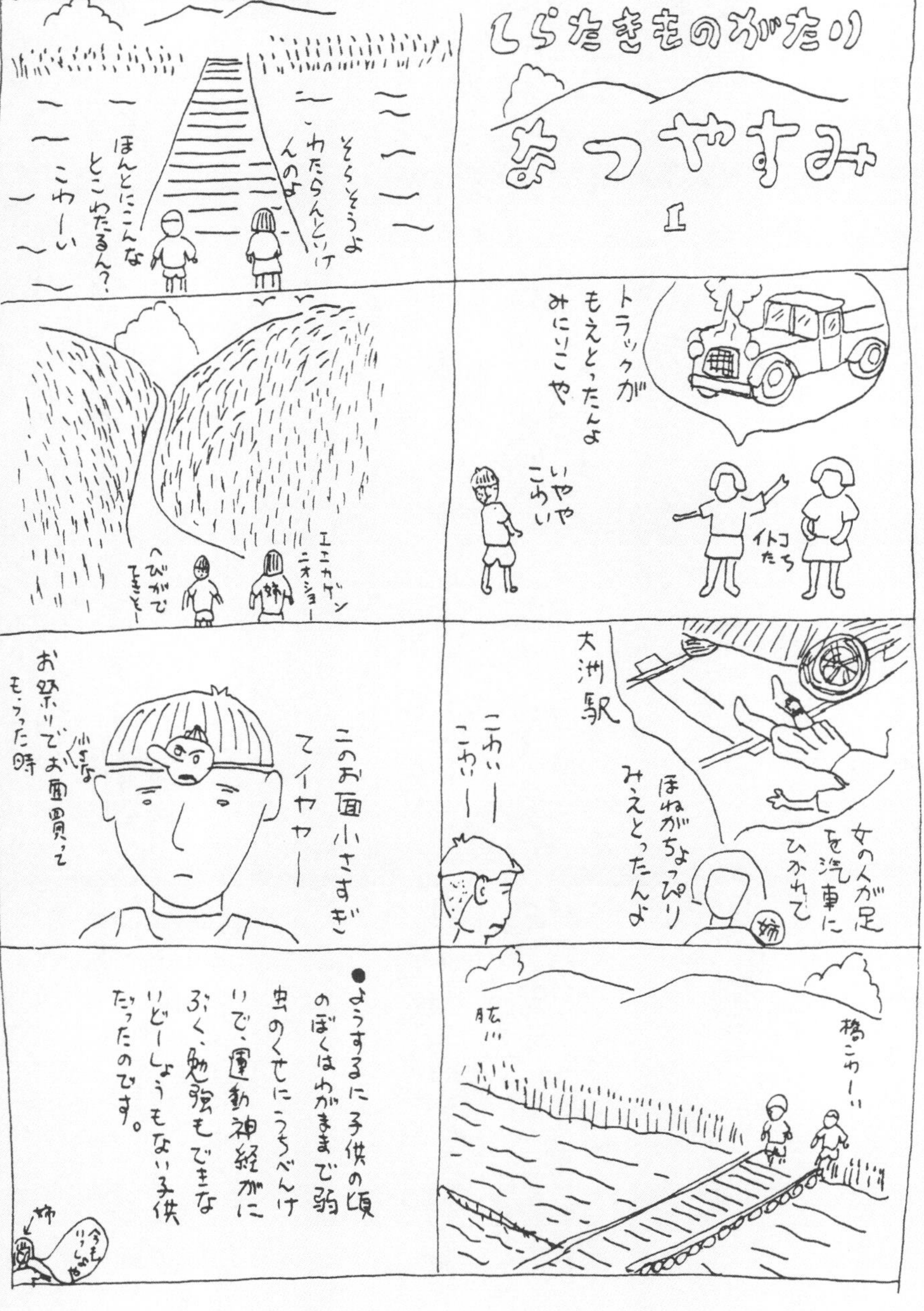

しらたきものがたり
なつやすみ I
そらそうよ
わたらんといけんのよ
ほんとにこんなとこわたるん？
こわーい
トラックがもえとったんよ
みにいこや
いややこわい
イトコたち
エエカゲンニオショー
へびがでてきとー
姉
大洲駅
女の人が足を汽車にひかれて
ほねがちょっぴりみえとったんよ
姉
こわいーこわいー
このお面小さすぎてイヤヤー
お祭りでお面買ってもろった時
小さな
橋こわーい
肱川
●ようするに子供の頃のぼくはわがままで弱虫のくせにうちべんけいで、運動神経がにぶく、勉強もできないどーしようもない子供だったのです。
姉
今もりっぱや

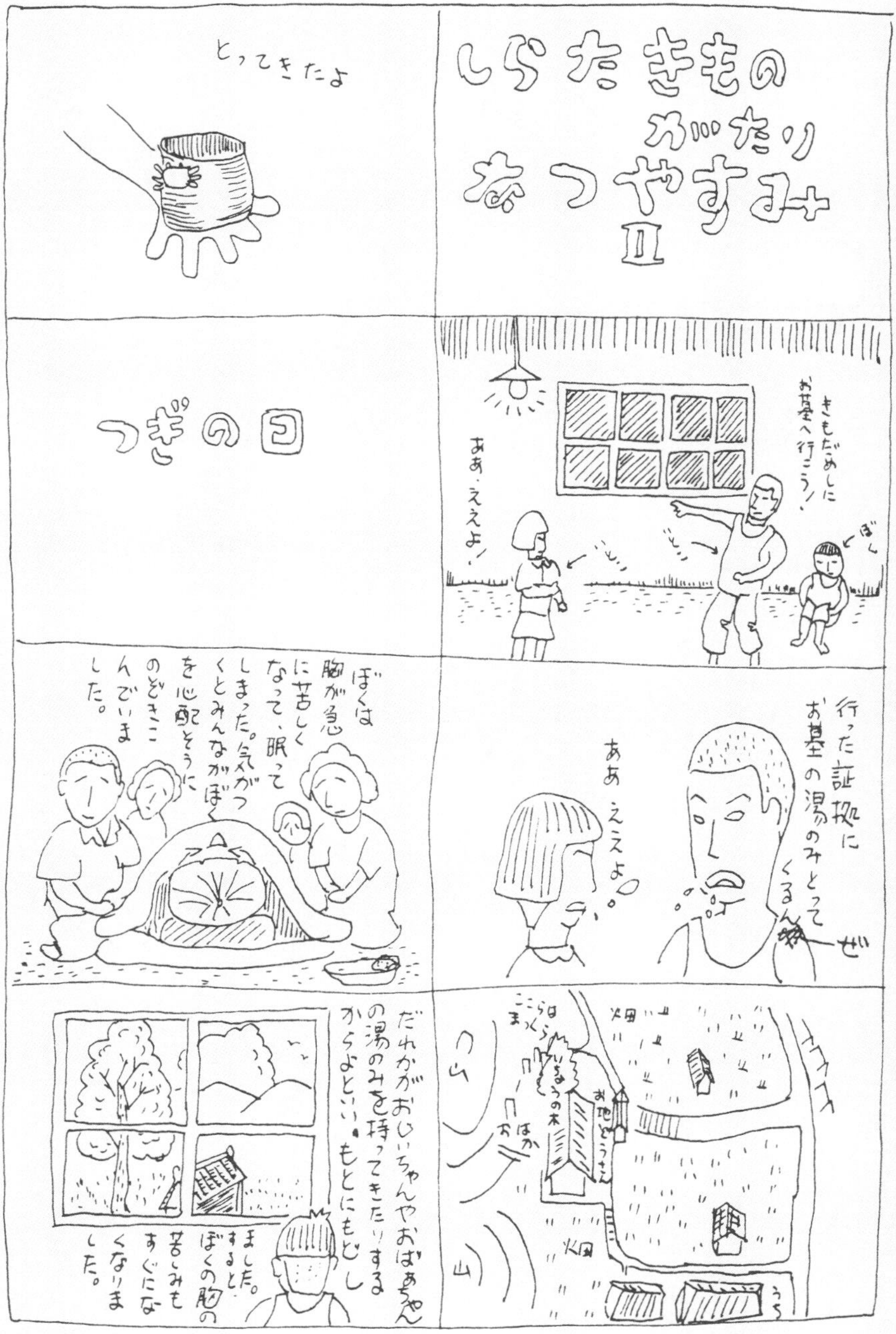

しらたきものがたり
なつやすみ II
とってきたよ
きもだめしにお墓へ行こう!
ぼく
ああ、ええよ!
つぎの日
行った証拠にお墓の湯のみとってくるんぜ
ああ ええよ。
ぼくは胸が急に苦しくなって、眠ってしまった。気がつくとみんながぼくを心配そうにのぞきこんでいました。
ここらはまっくら
畑
いちょうの木
お地ぞうさん
おはか
山
山
畑
うち
だれかがおじいちゃんやおばあちゃんの湯のみを持ってきたりするからよといい・もとにもどしました。すると、ぼくの胸の苦しみもすぐになくなりました。

●昭和30年の夏、白滝のおじいちゃんがなくなり、つづいてあとをおうように（おばあちゃん）なくなりました。
おばあちゃんの葬式のあと、火葬場の白い煙を2階からいとこたちとみおくりました。

「おばァちゃん　さようなら」

●市営丸山住宅はその後ほとんどの人が買いとり、改築したり、建てかえたりして、事実上存在しなくなりました。

ぼくの一家も昭和46年北組から南組へ、そして昭和53年にはその南組からも、出ていってしまったのです。

●この先どんなに年をとって、どんなにくたびれても、夏がくるたびにぼくは丸山住宅の小学生のあの頃に帰ることができるのです。

おわり

発刊によせて

大早友章

神山さんから校正前の第一稿を手渡されたのは、「自給の邑」の草取り作業にでかけた折のことだった。原稿はとりあえず車に残し、私達は「自給の邑」の田んぼの草とりを始めた。炎天下、泥田につかり、腰をかがめ雑草を抜く。ひえと稲の区別に悩み、「稲列からはみでているものはひえとする」と決めて、ひえ（と思うもの）を抜く。列からはぐれた草を抜きながら、近隣の機械植えされ、農薬を施された稲がスクスクと育っている田んぼを見て、ふと、私達は今、何と「時代」からはぐれたことをしているのだろう、という思いがよぎった。

私は今でも時々、愛媛県北宇和郡広見町愛治東仲のことを思い出す。神山さんの幼少年期が「丸山住宅」という地にあったように、私の幼少年期にもまた「愛治」という、切り離しては考えることのできない場所がある。転勤族だった我家は物心ついたころその「愛治」に赴き、思春期を迎えるころ、「愛治」を去った。だから私の記憶の中で「愛治時代」というものはそこだけ切り取って額縁に納めることさえできるような特別な時代であり、神山さんの「丸山住宅時代」と同じく幼少年期そのものである。昭和三十年代の頃であった。

　昭和三十年代。それは日本が戦後の復興も一段落つき、当時の池田内閣による所得倍増計画、高度成長、と今日の日本に至る一つの選択をした時代だったと思う。そんな中で人々は「幸せになりたい」、「幸せになれる」と思っていたように思う。若い男女は「幸せになろうね」と結婚し、父親は「家族を幸せにしたい」と考えていた。そんな中で私自身も漠然と「幸せになりたい」と思っていたように思う。即ち、将来は一生懸命働いて、

※冬の間の遊びの必需品であるキンマという雪ぞりを父に作ってもらったことがあります。しかし、どうも父はキンマのことはよく知らなかったらしく出来あがったものは格好は良かったのですが、華奢で乗ると一発でにえて潰れてしまいました。

おおはやくん ものがたり

おおはやくん ものがたり

青年団の芝居

お金を沢山稼ぎたいと思っていた。テレビや冷蔵庫のある豊かな生活をしたいと思っていた。私は確かに日本と同じ選択をしていた。

そして今、日本は豊かな国となり、私はテレビや冷蔵庫のある生活をしている。が、時々私は思う。少し違うのではないだろうか、と。いつの間にかたどりついた日本の豊かさ、幸せのイメージと私のイメージがずれてきているのである。

町の演芸大会が小学校の講堂でありました。そのとき青年団のやった「一本刀土俵入り」という芝居の作者が長川伸という人だと知ったのはその後ずっとあとでした。そのとき同級生の寺の息子が三橋ミチヤの歌を大変うまく歌って大喝采を得たのを覚えている。今ごろ、彼は坊主になっているのだろうか。

かつては共通の具体的イメージであったはずの「幸せ」が、今、私にとっての「幸せ」として見えてこないのである。

高度成長のさなか、私達は、何かを見失ってしまったのではないだろうか。もしかしたら、「高度成長」とは、その何かを切り捨てた上でなければ、達成しえなかったものではなかったのだろうか。切り捨てたものは何だったのか、何を見失ってしまったのか。

自給の邑の農作業を終えて開いた神山さんの原稿に、私はその何かを見出した気がした。

そして、私の愛治時代を思い出した。日常の様々な物や出来事が、人々の喜びや哀しみに具体的に結び付いていた時代を思い出した。

神山さんの本は、誰もが「幸せになろうね」と思い合っていた頃の気持ちを思い出させる。そして、妻を持ち子供を持つ今、改めて、「幸せになろうね」という気持ちを呼び起こす。

おおはやくん ものがたり

※木の又で作った三輪車がありました。この三輪車はハンドルと車が丸太を輪切りにしたものでした。そしてこの車がすぐに割れてしまうので 丸太を輪切りにしたものをたくさん棒にさして担いで行ったものです。

ある日、僕はこの車とハンドルを自分の乳母車のタイヤでやったことがあります。最初は大変具合が良かったのですが、半日でタイヤはぐにゃぐにゃになりました、元の丸太の輪切りになりました。

私の秘密という大変
人気のあったテレビ番組に近所
のおばさんの親戚がでるというので
近所中、おお騒ぎしてみんなで見ました。
その秘密は家族みんなが長生きであるというもの
でした。

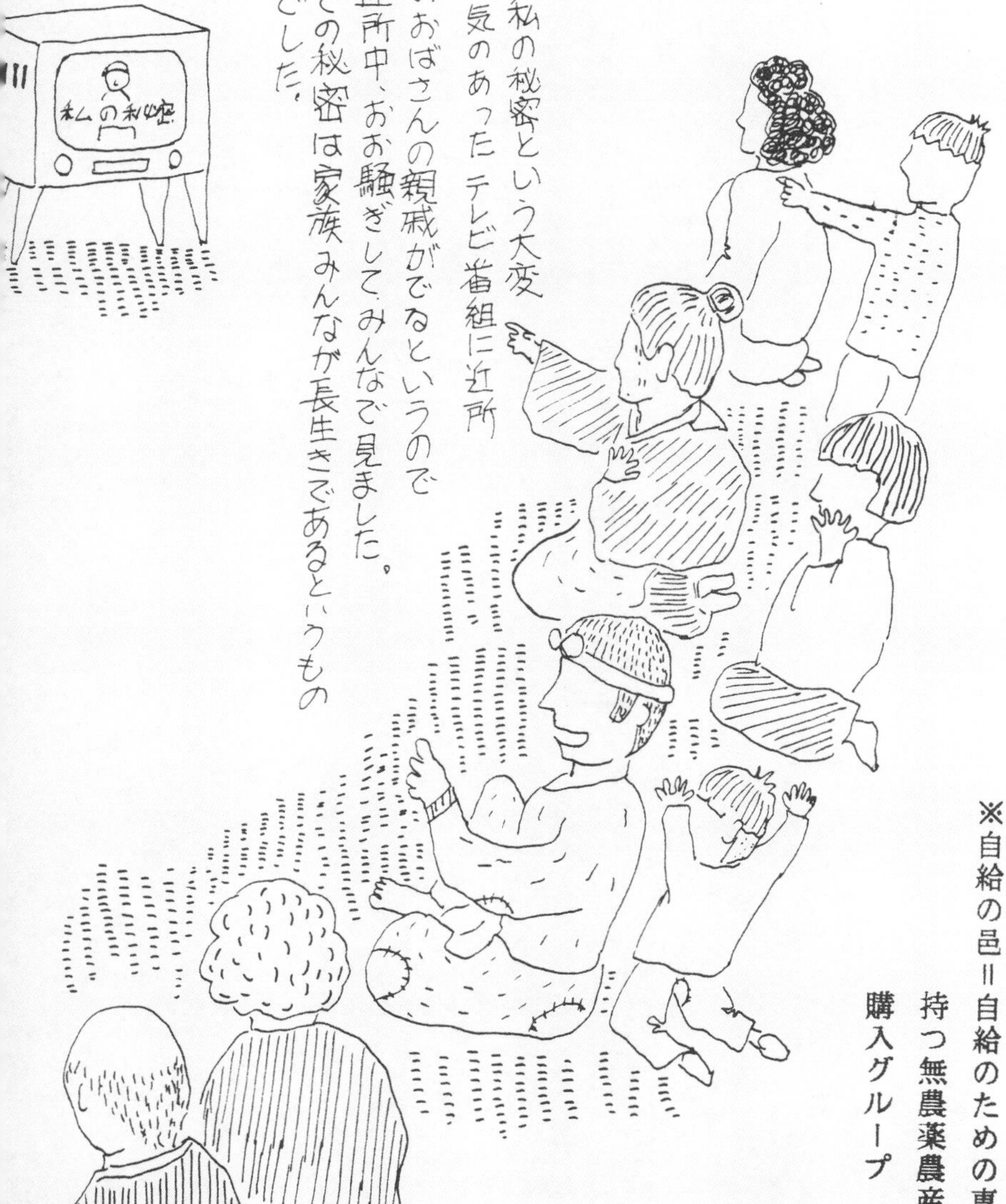

※自給の邑＝自給のための専用農場を
持つ無農薬農産物の共同
購入グループ

発刊によせて

友人代表・大西恭博

いきなり断言させてもらえば、神山さんは人一倍さびしがりやである。妻や子供や友人たちに囲まれていながら、なお疎外の不安にさいなまれているようにさえ思える。一種の空虚感のようなものが、常に神山さんの中に感じられる。その神山さんが本を書いた。おそらくは心の中にぽっかりと空いた穴を埋めるために。

8月の暑さの中、汗をかきながら通勤しているとき、ふと思い出すものは、子供の頃の夏休み、いつも時が止まっていたように思えるけだるい午後の表情だ。プールで泳ぎ疲れ、風鈴の音やセミの声を子守唄にうたたねしていたあの頃である。それはまぎれもなく、少年の王国でのまどろみであった。至福であったかどうかはわからぬが、誰もが過ごしたであろう少年の王国での日々は、神山少年の記憶のヒダにも植えつけられ、成長の路程に忘れ去られることなく、今、イラストとエッセイという形で、過ぎ去りし日のディティールが固着される。それはすでに取り戻すことの出来ない時間であり、「かってあった」ものでしかない。けれども、それ故に、読者である私たちは私たちにとっても確かなものであった自らの過去の風景と心情を重ね合わせ、その世界に安らぐことができる。「どんなつらいことも、今となってみれば楽しい思い出」という言い方が表わす時間の浄化作用を、楽しいことばかりだとはかぎらぬ毎日を過ごす私たちは、どこかで求めてはいないだろうか。

おわりに

●この絵日記ははじめ本にするつもりはなくって、昔のことを忘れてしまいそうなのでかきとめていたのを創風社の大早氏に見られ、本にしようと騒がれたのです。だからぼくが積極的に本にしようとふれてまわったわけではないのです。

本にするにはあまりにも枚数がすくなかったので、その後一生懸命、昔のことを想い出してかきました。自分の記憶だけをたよりにかいたので、ほんとうに苦労しました。しかもまちがえて記憶していることもあるかも知れませんが、それはまちがったなりにぼくの記憶なのだから仕方ありません。

他人様にこんなものを読んでもらっていいもんだろうかと悩みながらかいたのでずいぶん時間がかかってしまいました。(半年かかりました)

●どうもこんなもの最後まで読んでくれてありがとう。おまけに980円も使わせて本当にすまんことです。

どうもありがとうの増刷です。

絵日記　丸山住宅ものがたり
1986年8月28日発行
1986年11月28日第2刷
著作　神山恭昭
発行　創風社出版
松山市みどりヶ丘九ー八
☎(〇八九九)五三ー三一五三

新版 絵日記丸山住宅ものがたり

あとがき のようなもの

神山恭昭

その2はいつかどこかで・・・。

名犬ジョン
ジョンをしらない子はもぐりだった。

巨大犬ビル
でカッ!
ビルは大きくておとなしかった。

男子校だったので3年間一度も同世代の女性と話したことがなかった。
「戦時中のやうな」青春だった。ああクライ…。

今年（二〇二二年）の初め、息子がキンドルでぼくの三十六年前の『絵日記 丸山住宅ものがたり』を読んだらしく、すごく衝撃を受けた、とぼくの奥さん（つまり彼の母親ですな）に言っていたことを彼女から聞きました。

で、どう衝撃を受けたかというと、別に本が素晴らしいとか、傑作だとかではなく、自分が生まれるたった二十年ほど前の日本はこんな国だったのかとガクゼンとしたそうなのです。けど、息子が『丸山住宅ものがたり』を読んでいることをぼくはまったくしらなかったので、少しうれしくなりました。

息子はぼくが本を書いたりすることをココロヨク思ってなかったので、彼がぼくの本を読んでいるはずはないと思っていました。その息子が「たかだか数十年前のこの国が、こんなんだったなんて知らなかった。読むといいよ」と妹たちや友人たちに薦めてまわっていたようです。

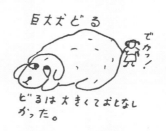

新刊発表記者会見
記者会見を開いたけどだれもこなかった
場所が悪かった…。

段ボール紙で便器を作った。うまくできたので展覧会に出した。
作品です。使用しないでください　作者

それから数ヶ月後、ぼくがテーマのドキュメンタリー映画を制作したいという人が現れ、映画にあわせて息子の年齢に近い人たちが『丸山住宅ものがたり』の再版を手がけてくれることになりました。再版はイヤだなぁ〜と、思っていたのですが、ぼくの活動に否定的だった息子が『丸山住宅ものがたり』を皆に薦めていて気をよくしていたので、再版をお願いすることにしました。そして三十六年前の読者たちよりもずっと若い人たちが読んでくれるといいなぁ〜と思いました。

あらためて『丸山住宅ものがたり』を読んでみると、自分はこんなにも字と絵が下手で汚かった（今もたいして変わってはないけど）のかと、アゼンとしました。そこで一から全部描き直そうかと考えたのですが、そんなことをしたら、完成する前にたぶん命が尽きるような気がしたのでやめました。

それにしても字が汚く、絵が下手です。恥ずかし

穴があったら入りたい
なければ掘ってでも入りたい

椎名さんとビールを飲んだことは一生の宝となった。
ハイ！
どんどん書いてくださいよ。
新宿池林房の夜はふけていった……。

沢野ひとし風絵　神山

くて穴があったら入りたい。なければ庭に穴を掘ってでも入りたいと思うのです。なので気にしないで読んでください。（あとがきで言っても遅いかぁ〜）

新版の出版に際して創風社出版の大早友章さん、大早直美さん、編集者で映画監督の品川亮さん、画家の海野貴彦さん、絵描きの町田紗記さん、デザイナーの山野英えさん、入江初美さん、皆さんには大変お世話になりました。

そしてツタナクもアヤシイぼくの本を買って読んでくださいました読者の皆さん！本当にありがとうございました。このご恩は一生忘れません。たぶん。

そして、そしてなんと、ぼくの大好きな作家のあの椎名誠さんがこの本の帯コメントを書いてくれました。ぼくはうれしくてたまりません。そのため、あとがきがやや椎名誠風の文体になってしまいました。

椎名さん本当にありがとうございました。

二〇二二年　十月　ある日

神山恭昭

神山恭昭（こうやまやすあき）

自称絵日記作家。

1949（昭和24）年生まれ。松山市在住。

1989年以降、数々の展覧会を開催。

著作には『絵日記 丸山住宅ものがたり』,『いつもの絵日記』、『電信柱と寂しい夜』,『わしの新聞』『わしの研究』,『いろとりどりのテント』,『浮游蕩蕩』（堀内統義と共著）がある。（すべて創風社出版刊）

新版 絵日記 丸山住宅ものがたり

2022年12月6日 第1刷発行

定価（本体1,800円＋税）

著者　神山恭昭

発行者　大早友章

発行所　創風社出版

〒791-8068 愛媛県松山市みどりヶ丘9-8

TEL. 089-953-3153　FAX 089-953-3103

印刷・製本　中央精版印刷株式会社

新版デザイン協力　山野英之

DVD盤面デザイン　入江初美

新版編集・制作協力　町田紗記・海野貴彦・品川亮

＊ 本書は、1986年に小社より刊行された『絵日記 丸山住宅ものがたり』（第2刷）に最小限の修正を加えたものです。

＊ オリジナル版の巻末に言葉を寄せてくださった大西恭博さんのご遺族のご連絡先が、どうしてもわかりませんでした。もしこれをご覧になったら、ご一報いただけますとさいわいです。

ISBN 978-4-86037-333-7